내 마음속의
신을
움직이다

조율기록 편

내 마음속의 신을 움직이다

– 조율기록 편

발행일   2024년 3월 9일

지은이   신진행
펴낸이   손형국
펴낸곳   (주)북랩
편집인   선일영   **편집**   김은수, 배진용, 김부경, 김다빈
디자인   이현수, 김민하, 임진형, 안유경   **제작**   박기성, 구성우, 이창영, 배상진
마케팅   김회란, 박진관
출판등록   2004. 12. 1(제2012-000051호)
주소   서울특별시 금천구 가산디지털 1로 168, 우림라이온스밸리 B동 B113~115호, C동 B101호
홈페이지   www.book.co.kr
전화번호   (02)2026-5777   **팩스**   (02)3159-9637

ISBN   979-11-93716-58-8 03810 (종이책)   979-11-93716-59-5 05810 (전자책)

내 마음속의
신을
움직이다

투병을 넘어
일상을 살아가기 위한
조현병 환자의 노력과
그 기록

신진행 에세이

조율기록 편

북랩

처음 보는 책

01

『내 마음속의 신을 움직이다』의 세 번째 이야기, '조율기록 편'이 열리게 되었습니다.

처음 책을 낼 때만 해도 첫 책으로 끝날 생각을 하며 책을 만들었는데 벌써 세 번째 책이 나올 줄은 예상하지 못했습니다. 이 이야기는 편집-조현병 환자의 인생 연장선이기도 하지만 정말 관리가 잘 되어서 제 병명인 편집-조현병의 새로운 데이터라 생각하기도 합니다.

이 책에 담긴 글들은 투병기를 넘어 어려웠던 일상의 이야기입니다. 그리고 벅찬 현실을 계속해서 마주하며 다양하게 뻗어 나간 방향성과 벌어진 예상치 못한 일들이 편집-조현병 유지치료에 많은 영향을 주었습니다. 그렇기에 현 상태에서 계속 나아가는 이유와 방법은 차차 작성해보도록 하겠습니다.

말했듯 모든 이야기는 제 편집증의 일상에 연장선격인 내용입니다. 그러나 결국에는 어려움이 있어도 교훈을 넘어선 기적 이상의 상황으로 인해 정신질환을 가진 저 자신의 잠재 능력과 그릇의 크기를 키울 수 있다는 점을 이야기하고 싶었습니다. 개인의 자아 성찰이나 고백이 많은 분께 좋은 참고가 되리라 믿어 의심치 않습니다. 이번에도 여러 가지 이야기를 할 것이며 기록자의 입장에서 제 존재가 세상에 기여하는 글을 만드는 작가의 모습으로 남길 바랍니다.

원래는 빚을 넘어선 희망적인 방향으로 글을 적으려 했지만, 망상일지 모르는 일들에 대하여 내면의 생각을 솔직하고 담담하게 쓰는 것이 좋겠다고 생각했습니다. 대부분의 책 내용은 빚으로 인해 낙담하고 막막했던 저자의 경험으로 이루어져 있습니다. 그럼에도 불구하고 거기서 빛을 찾아내어, 편집된 생각들의 의미를 되돌아보는 내용으로 책을 구성하였습니다.

02

저는 편집-조현병 판정을 받은 환자였습니다.

지금에서야 밝히는 진실한 이야기입니다. 밝히지 못했던 이유는 지금까지 이러한 글이 망상이나 양성적인 모습의 일부분이라 생각했기 때문입니다. 첫 책에서 말했듯, 보험사 일을 하며 생긴 입에서 여지없이 말들이 돌았습니다. 내 의지가 아닌, 멋대로 나오는 말이었습니다.

내 의지를 벗어난 말들을 받아들이는 작업보다는 숨기는 작업을 더 많이 하였습니다. 이러한 현상들은 점점 두서없고, 망상적이며 신빙성이 거의 없는 말들로 표출되었습니다. 이런 말을 입으로 뱉는 내가 이상했고 편집증 환자는 모두가 이런 증상을 겪는 줄 알았습니다.

그래서 저는 양성적인 증상들이 보일 때면 속에서 삭히곤 했습니다. 비속어나 욕의 사용을 금했고 무심코 튀어나오는 말이나 생각을 통제하기 위해 노력하였습니다. 지금도 뭔가 비속어나 욕이 떠오를 때가 있는데 떠오르는 말들을 무시하고 못 들은 것 같은 행동을 취하기 위해 노력합니다.

가장 노력을 많이 한 것은 화내지 않기입니다. 언성을 높이지 않고 남에게 화를 내지 않는 것이 양성적인 문제를 해결할 수 있을 것 같았고, 화를 내지 않으면 이성적인 생각에 더욱 가까이 갈 수 있을 것 같았고 이 모든 것을 조금씩 치유할 수 있는 방향성의 열쇠를 받을 수 있을 것 같다고 생각했습니다.

그렇지만 웬만한 증상들은 대개 약이 잡아주었고 정통으로 몸에 파랑을 일으키는 대부분의 부작용은 그대로 겪으면서 인내하며 참고 그리하였습니다. 상황이 나아지고 시간이 흐르니 현 상

내 마음속의 신을 움직이다 - 조율기록 편

태를 유지할 수 있는 방향성을 찾았는데 의외로 화를 내지 않고 언성을 내지 않는 방향성의 노력들이 시간이 많이 흘렀을 때 머릿속을 홀연히 비울 수 있는 결과를 조금씩 가져다 주었습니다.

화내지 않고 언성 높이지 않는 것과 이성적인 생각의 진행은 곧 마음을 비울 수 있는 상태가 되었습니다. 이 변화는 입에서도 적용되었고 점차 입에서 제멋대로 도는 말들도 이성적인 형태로 변화하기 시작했습니다. 그러한 일을 겪으면서 사람다운 삶에 다가갈 수 있었고 위험한 순간을 맞이했던 과거를 되풀이하지 않게 되었습니다.

'점점 어떤 길로 가야 하는지'에 대해서 타협할 수 있었습니다. 그 덕에 저는 이번에 조율기록으로 글도 쓸 수 있게 되었습니다.

저는 남을 가르치는 말은 잘 하지 않습니다. 그리고 비난하는 것도 하지 않습니다. 10대 20대에는 삿대질이나 남을 몰아가는 행동을 더러 했지만 지금은 그렇지 않습니다. 인내와 유순함을 이어갈 수 있게 허락할 수 있는 언어로 인생을 채울 수 있는 영광을 얻게 되었습니다.

조율기록은 제가 인생에 타협하여 얻은 인생이며 결실이자 산물인 셈입니다.

그리하여 직업사회의 뒷이야기부터 시작되는 내용을 펼쳐보고자 합니다. 여기서 하고 싶은 말은 빚지는 순간으로는 가지 말자는 것입니다. 먼저 경험해본 사람으로서 이야기합니다.

출판의 의미와 세 가지 주의점

저자의 주위에서 도는 말들 중에 신빙성이 있다고 여겨지는 생각들이 있습니다. 따라서 아래와 같은 주의점을 생각해보며 이야기하는 시간을 마련했습니다. 이 책을 보기 전에 저서와 저자의 세 가지 주의점에 대해 언급하고자 합니다.

1. 이 글을 쓴 저자는 누구인가?

세 번째 책을 쓸 때, 홀연듯 입이나 주위에서 돌던 말들이 있었기에 써봅니다. 이 글이 조현병의 원인이 사회적인 시스템이라고 말하는 것처럼 보일 수 있겠다는 생각이 들었습니다. 그러나 이 글을 쓰는 사람은 조현병 환자이고 뭔가 아무런 영향력이 없는 저자입니다. 조현에 대한 조언을 위한 책이지만, 사실 책을 출판하면서 수익을 바라는 것도 아닙니다.

　종교적인 성향의 사람도 아닙니다. 저자는 조현병에 걸린 인문학도입니다. 조현병을 퍼뜨리거나 타인의 증상을 진단할 수 있는 사람이 아닙니다. 똑같이 그냥 밟으면 "아프다." 이야기할 수 있는 평범한 사람입니다.

2. 책에 실린 사례는 저자의 경험담인가?

이 책의 내용들은 어디서 듣거나 하지 않고 저자 스스로 느끼고 참고할만한 내용들을 쓴 것입니다. 과장이나 상업적인 의도를 넣어 서술하지 않았습니다.

이 책 내용이 저자 입장에서는 사실이라고는 하나 남들이 보기에 비현실적인 내용도 있어 염려한 부분도 없지 아니합니다. 그렇지만 이러한 내용을 쓰면 쓸수록 의무감으로 다가왔습니다. 쓰지 못 하거나 기억나지 않아서 빼 먹은 부분들이 있긴 하지만 현실적으로는 저자의 경험담이 모여서 나온 것입니다.

저자의 기억력은 생각보다 좋고, 귀가 밝은 편입니다. 그렇다고 이러한 정보력이 얼마나 쓰일 것인지는 사실 모르겠습니다. 책으로 남겨서 수익을 기대하는 부분은 없습니다. 수익은 강연이나 언론의 출현 등으로 외부의 작업을 통해서 내는 것이라 알고 있습니다. 그래도 북랩에서 내 오탈자 가득한 원고를 열심히 가꾸고 만들어주셔서 풍성한 책이 나올 수 있었습니다.

3. 증상억제를 위한 노력, 이성적이며 이상적으로 생각하기

저자는 저 자신에 대해서 적당히 이야기할 수 있는 사람이고, 어느 정도 이성적인 부분에 필요한 인지능력을 잘 발휘하는 사람입니다. 한 번씩은 내 생각이나 입에서 도는 말이 이성적이지 않다고 생각이 들 때도 있었습니다. 그럴 때면 고민도 하고 나에 대한 판단도 재고했습니다. 조현병의 증상이 심각할 때는 모든 정보가 없고 생각하는 대로, 내가 상상하고 보이는 것을 믿는 단계가 있었습니다. 지금은 그러한 시기는 극복하고 지난 것 같습니다. 그렇기 때문에 스스로 판단을 내릴 수 있을 만큼의 여력을 되찾았습니다.

그리고 환청을 듣고 상상하는 부분이나 정신적으로 불안정한 부분은 이성적인 판단을 한다고 확신할 수 있도록 내 페이스를 유지하고 있습니다. 글을 적는 데 있어서도 끊임없이 발전을 하고 있기 때문에 아직까지는 어려운 점이나 나쁜 것은 없습니다.

책에 실린 이야기는 저자만의 사례입니다. 모든 조현병 환자가 책에 있는 사례들을 다 가지고 있지는 않을 것입니다. 내용에 참고할만한 것들만 참고하면 됩니다. 저자도 역시 다른 조현병 환자의 증세와 경험에 대하여 알고 싶습니다. 어느 조현병 증상 중에는 환시도 나타난다고 하지만 나는 본 적이 없습니다.

이러한 부분도 타인과의 소통과 대화가 필요하다 생각합니다.

차례

4   머리말

1장

직장의 뒷이야기

17   ○○연구원의 근로자(2022년 4월)
21   부산 직업능력개발원의 생활(2023년 3월)
23   ○○진흥원에 합격하다(2023년 8월)

2장

균형의 파괴: 내 마음속 신을 조율하는 법 (1)

27   빚이 있으니 길을 갈 수밖에 없었습니다
29   운명의 날 — 파산의 서장
33   대출의 종말
42   연락의 독소
48   집안의 통곡
58   대출의 종착

3장

중년의 시작

67   모험출근과 직업학교 입학

75   기숙 생활과 일상의 자정 작용

81   회복의 실행, 방학 전의 예비 합격 소식

4장

인사하는 책임

89   인생근무에서 변동하는 상황

95   금전주시와 파산절차 준비

102   파산 면책 흐름

107   취침전야, 무제로 끄적였던 글

112   홀로 하는 생각

5장

조현의 사례

119   드러내는 이야기

121   나의 어느 날의 편집증

125   눈 당김 현상: 지독한 부작용

128   조현의 상상

132   사회 속의 조현 이야기

6장

타협의 일화: 내 마음속 신을 조율하는 법 (2)

139	숨겨진 이야기
144	사진 입문자의 길
146	사진사로서의 시작
210	종점행 사진사와 사진사의 한계
216	완성의 사진사, 그리고 새로운 시작
219	촬영에 대한 생각

7장

다 하지 못한 이야기

225	엔딩 인트로
230	현재를 사는 이 시대의 초월
236	무의식과 의식의 매듭
239	은반지 개운법
246	은반지 속성에 대한 경험

부록

250	I Think I'm Paranoid, 환청의 형태 (1)
264	I Think I'm Paranoid, 환청의 형태 (2)

269	**맺음말**

참고 ··

세 권의 책을 통해 밝힌 것들은 은근히 초자연적인 부분의 생각이나 믿지 못하고, 이 글에 대한 의심이나 환상 같은 부분이 없지는 않습니다. 그러나 이 병을 겪으면서 이러한 일들이 일어난 점에 대해서는 솔직히 써야 한다고 생각합니다.

처음 조현병 진단을 받은 이후로 통계자료를 본 것이 없습니다. 아는 것도 없습니다. 처음 약을 먹으면 가라앉고 차분해지는데 어떻게 극복해야 하는지 모릅니다. 적어도 약을 꾸준히 먹으며 이 병을 어떻게 극복하는지 정도는 누군가 열린 마음으로 알려주어야 된다고 생각합니다.

저자는 오랜 기간 투병하면서 약을 이성이나 말투는 물론, 끝내는 거의 정상적으로 행동하고 적응하며 발전해왔다고 생각합니다. 그래서 투병의 기록을 전하고자 이 책을 저술하게 되었습니다.

1장

직장의 뒷이야기

○○연구원의 근로자
(2022년 4월)

연구원에 입사하였을 때 제출했던 서류가 40장이 넘었습니다. 감사도 있었지만 뭔가 테스트 같은 것은 없었습니다. 월 60시간 근무에 월급은 백만 원 안팎이라는 말밖에 들을 수 없었습니다. 같이 입사 동기로 들어온 연구원은 유튜브로 금속 가공이나 산업 기술들을 가르치고 강의하는 사람이었고, 자신에 대한 프라이드가 강한 사람이었습니다.

급작스럽게 금요일 오전에 호출을 받아서 갔을 때 다음 주 월요일까지 건강검진 서류제출을 요구했습니다. 시간이 그렇게 많지 않은 시점에서 건강검진 서류제출을 요구하여 당일 발급받을 수 있는 건강센터를 찾아가서 건강검진을 받고 당일에 서류가 나왔습니다.

월요일에 가 보니 연구원 공공 사무실 한 방을 다 쓰는 사무실을 주셨습니다. 컴퓨터도 있었고 근무일지 작성이나 강의 시청 같은 부분에 대해서 이야기를 듣고 근무를 명 받았습니다. 식당이 없었기 때문에 주변의 직원들은 시켜 먹는 밥이나 도시락을 데워먹는 등으로 식사를 해결하고 있었습니다.

얼마 지나지 않아서 명함과 사원증도 받았습니다. 공공기관 향기가 물씬 나는 사원증과 명함이었습니다. 이로써 ○○손해보험, ○○개발원, ○○대학교와 ○○연구원까지 명함이 4개가 되었습니다.

업무에 대해서는 별다른 지침은 없었고, 연구실 관리에 대한 안전지킴이 활동에 대해서 조언을 들었습니다. 비상근이라는 직책이 짧은 시간에 무언가 해내기는 어려운 직책이었기 때문에 그렇게 많이들 기대하지 않았습니다.

첫 월급으로 팔십구만 원이 나왔는데 정말 적은 금액이었습니다. 그 금액을 보고 "망할 수 있는 금액 같은데?"라는 생각을 가지지 않을 수 없었습니다. 왕복 차비와 식사비가 빠지면 이십만 원도 남지 않습니다.

본부에서는 업무의 방향을 제시하지 않았고, 아무도 직책에 대한 이야기가 없었기에 본부에서 진행하고 있는 안전 캠페인과 안전점검관리 활동의 매뉴얼을 만들어 자체적으로 활동하였습니다. 안전점검 대장도 받았고 완장도 받았습니다.

완장을 차고 안전점검관리와 안전관리 캠페인을 주 2회 실시하였고, 보고서 양식을 만들어서 보고를 올렸으며 업무일지에 관련하여 많은 내용을 썼는데 나는 그 내용이 일반적으로 근무하는 사람들의 업무대장보다 길게 썼습니다.

그렇게 쓰고 조금씩 익숙해질 즈음의 몇 달 뒤에는 비상근 근무자에 대한 인식개선이 되고 있다는 소식을 전해 듣곤 하였습니다. 그 이야기를 들어보니 내가 조금 활발하게 활동한 느낌이 들었습니다. 그 부분은 사실이었고 업무를 충실하게 하려고 한 것도 사실입니다.

일은 긍정적인 방향으로 흘러갔지만 정작 나는 금전적인 부분에 시달렸습니다. 3개월째 되니 카메라와 렌즈를 팔아버리는 것으로도 부족한 월급을 충당하지 못해 전전긍긍했습니다. 어디에도 이야기할 수 있는 곳이 없었고 괴로웠습니다.

6개월이 되던 때에 수입이 빚과 이자를 감당하지 못해서 퇴사를 마음먹었습니다. 퇴사 직전에 연구원에서 했던 일들을 업무 매뉴얼로 만들어 5페이지 이내로 요약하여 작성해서 제출했습니다. 비상근 업무로 고민하는 사람들에게 전해야겠다는 생각과 정규직의 비상근에 대한 업무지도용으로 사용하라는 뜻이 있었습니다.

몇 주 정도 출근한 월급으로 월급이 들어왔는데, 이십칠만 원이 들어왔습니다. 월급명세서는 퇴직 적립금으로 매달 8만 5천 원씩 빠져나가고 있었던 게 기억이 나는데, 6개월분의 퇴직금은 1년이 되지 않아서 사장되어 버렸기에 하는 일에 비해 공기관이 너무나도 박했던 것 같다는 생각을 버리지 못했습니다. 이 문제에 관하여 주위 어느 누구도, 뭔가 하소연할 곳도 마땅치 않았습니다. 결국 1년 미만 퇴사자는 적립된 퇴직금을 주지 않는다는 답변으로 글로서만 적혀 있는 부분을 조심하라고 언급하고 마무리합니다.

결과적으로 퇴사는 잘 한 선택이었던 것 같습니다. 스펙을 보고 들어가긴 했지만 생계 유지가 어려웠고, 돈이 되지 않았기에 좋은 경험은 맞지만 다면적으로 생활에 도움이 된 부분은 크지 않았다고 생각합니다.

 **부산 직업능력개발원의 생활**
(2023년 3월)

　　2023년 3월, 부산 직업능력개발원에 들어가
직업 공부를 시작했습니다. 사무직군에 관련한 IT 관련 OS 부분
의 공부를 하였고 이번 책 뒤에서도 나오겠지만, 그 당시에는 희
망이 없었고 웃을 수 있는 마음도 다 정리한 채 수업에만 열중하
였습니다.

　파산절차에 들어갔기에 소득이랄 것이 없었습니다. 유일한 지
출은 핸드폰 요금과 집에서 쓰는 인터넷 결합상품이었습니다.
그나마도 십만 원 내의 생활비로 사용하면 연체되거나 지불이
어려운 경우와 맞닿곤 했습니다. 훈련비 이십만 원이 전부는 아
니었지만 그나마 훈련비가 있어 현상 유지 정도는 할 수 있었습
니다.

　수업을 듣는 것이 목적이지만 궁극적인 모두의 목적은 취업입
니다. 강의 듣는 동료들에게 이력서와 자기소개서 코칭을 해주

고 하루하루 보내고 있는 게 현실이었습니다. 파산 진행도 개발원을 다니고 있으니 훨씬 수월하게 할 수 있었습니다. 또 혼자 있는 동안 주어진 생각할 기회들은 안정감 있는 생활을 가질 수 있게 해주었고 여러모로 신경써주시고 도와주신 여러 사람들이 좋았습니다.

5월경에 개발원을 다녔던 시절 중에 국가기록원에서 기록사랑 공모전에서 입상하여 삶의 의지를 다잡기도 하였습니다. 그래서 4월에서 7월까지 몇몇 군데 서류를 넣었는데 잘 되지는 않았습니다.

어느 날 ○○진흥원에 서류 단계에 합격해 AI 면접을 보았는데 나중에는 예비 합격자가 되어 있었습니다. 예비 합격자면 가망성이 거의 없다고 생각했습니다. 왜냐하면 취업 불황에 합격자는 무슨 수를 써서라도 버틸 것 같았기 때문입니다. 그래서 8월이 되기 전까지 공모전 응모 관련 소설만 응모하고 직업 관련은 당분간은 내려놓았습니다.

내 마음속의 신을 움직이다 - 조율기록 편

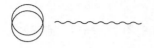

○○진흥원에 합격하다
(2023년 8월)

면접까지 보았던 ○○진흥원이 최종 합격 소식을 가져왔습니다. 원래는 예비 합격자였는데 앞에 내가 지원한 자리가 공석이 되는 바람에 합격하게 되었다 하였습니다.

사실 나는 그 당시 파산 관련 재판을 받고 있어서 공공기관의 취업이 가능한가 싶었는데, 가서 이야기를 들어보니 이렇다 할 조항은 없었던 것으로 기억합니다.

운 좋게 진흥원에 들어가게 되어 나는 다행히도 숨 쉴 여력을 가질 수 있었습니다. 그곳에서 받은 월급을 차곡차곡 모아 무사히 지금의 책도 출판하게 되었습니다.

여태껏 취업이 되지 않고 자금도 고갈되고 막혀 있는 상태에서 죽어라 취업 서류를 뚫어도 면접에서 다 빗나갔는데 예비로 합격하게 될 줄 누가 알았겠습니까? 그나마 다행인 일입니다.

그래서 기존에 다녔던 연구원보다 근로 시간이 많은 직장에서
수당은 최저시급보다 조금 높은 직장에 안착할 수 있었습니다.
취업이 되어서 다행이었고 책을 내어 이 사실을 알릴 수 있어서
다행입니다.

내 마음속의 신을 움직이다 - 조율기록 편

2장

균형의 파괴

내 마음속 신을 조율하는 법 (1)

빛이 있으니
길을 갈 수밖에 없었습니다

제목은 희망에 관해 이야기합니다
그러나 그것은 어려운 희망입니다
길은 있었지만 잃어야 하는 것들이 있었습니다
삶의 균형이 파괴되어 조절할 수 없을 때
위험한 순간이 다가옵니다

시작 전에 말하자면 나는 빚을 지고 있습니다. 평범한 사람도 마찬가지지만 장애인은 빚을 만들면 쉽게 갚을 수 없습니다.

내가 돈을 갚지 못한 이야기는 첫 번째 책과 두 번째 책에서 무수히 많이 했던 말입니다. 그렇게 강조하고 여러 번 이야기한 이유는 빚을 지면 그만큼 머리를 쓰거나 빚을 갚기 위한 노력을 할 수밖에 없기 때문입니다. 그럼에도 빚을 갚는 것은 쉬운 일이 아닙니다. 처음 빚을 졌을 때는 처음 겪는 일이었기에 현실감 없이 느슨하게 느껴졌습니다. 그러나 계속 직장을 다니고 노력해야 하는 일이라는 사실을 깨달았습니다.

직장에는 직장 시스템에 튀는 빚을 졌고, 사진 취미에는 사람에게 빚을 지고, 은행이나 제2금융권에는 돈을 빌려 빚을 지고, 부모님께는 세상에서 제일 어리석은 빚을 졌고, 통곡의 빚, 무념무상의 빚, 내 담당 정신과 의사에게는 걱정-염려의 빚을 졌고, 그러다가 사회 시대를 역행하는 빚을 졌습니다.

그리하여 2022년 상반기부터 지금까지의 이야기를 해보고자 합니다. 여기서 하고 싶은 말은 어디에도 빚지지 말라는 것입니다. 앞서 경험한 사람으로서 이야기합니다.

운명의 날 — 파산의 서장

운명의 날이라는 타이틀이
다시 달리는 챕터를 쓰게 될 줄은 몰랐던
일들이었으나 이제는 드러나는 일들

2022년 12월을 잘 넘기고, 2023년 1월 1일에 집에서 신년 특집 방송을 시청하고 있었습니다. 신년 특집 방송을 신청하면서 종이 울리는 것을 보았습니다.

10대나 20대, 30대 초반까지의 신년 1월 1일은 항상 기분이 나쁘고 왠지 모르게 짜증이 몰려오는, 이유 없이 몰려오는 기분을 항상 맛보았습니다. 그 해 첫날인 1일에 일어나는 일들이 그 해의 흐름이나 운세를 좌우한다는 생각을 늘 가지고 있었습니다. 그런 생각을 가지고 있었으니 10대에서 몇 년 전까지의 20년이 다 좋지 않게 시작하곤 했습니다.

그리고 해돋이를 보는 첫날과 보지 않는 첫날 또한 뭔가 운세가 양쪽으로 갈리는 것 같았습니다. 올해는 새벽에 잠들어서 부모님이 해를 보러 가자는 말에 또박또박한 목소리로 "나는 갈 수 없을 것 같습니다."라는 바른말을 쓰며 이야기했다고 합니다. 무의식이 대답한 것 같았지만 해를 그렇게 못 보고 말았습니다.

집에서 아침에 아무도 없을 때, 등산을 했습니다. 등산을 하다 보니 왠지 모르게 점심은 신년을 맞이해서 짜장면을 만들어야겠다고 생각했습니다. 내려오는 산의 지점에서 아는 마트로 가서 춘장을 샀고, 면은 라면 사리로 해보자는 생각이었습니다.

집에서 짜장면을 유튜브로 만드는 레시피를 보았습니다. 춘장을 튀기는 듯이 조리하는 게 포인트라 하였고, 짜장면에 여러 가지가 들어가지만 설탕을 넣으면 기본적으로 맛이 나온다는 것도 체크했습니다. 마침 부엌 베란다에 설탕이라고 적힌 작은 양념통이 있었습니다. 적당히 덜어내서 설탕을 크게 몇 스푼 넣었습니다. 그리고 일정량의 춘장을 덜어내서 물과 전분을 푼 물을 섞었습니다. 어느 정도 맛을 보았는데 조금 짰습니다.

그때까지 춘장 맛을 몰랐기에 춘장이 원래 좀 짠 줄 알았습니다. 짠 게 정상인 것 같았지만 적어도 이렇게 짜다면 설탕을 많이 넣어야 되는 것 같았습니다. 그리고 전분 푼 물도 더 넣었습니다. 그래도 짰고 도저히 짜서 희석을 시키기 위해 춘장을 다 부어버리고 전분 푼 물을 넣었습니다. 그렇게 했는데도 짰습니다.

한 번 맛이나 보자 싶어서 라면 사리 한 개에 볶은 춘장을 넣어 먹어봤는데 뭔가 굉장히 짰습니다. 먹고 난 뒤 2L 물통 두 개를 한 번에 마셔버렸습니다.

뭔가 피곤한 기분이 되어 내일 다시 손보기로 했습니다. 튀기

내 마음속의 신을 움직이다 - 조율기록 편

듯이 조리했던 짠 춘장은 냉장고에 넣어두었습니다.

본격적으로 요리를 완성하기 위해 다음 날에는 돼지고기와 양파와 파와 양배추 등등을 사서 준비했습니다. 재료들과 함께 볶았고, 짠 춘장은 설탕이라 써 있는 가루를 좀 더 넣고 전분 푼 물을 넣었습니다. 근데도 짰습니다.

"이상하다?"

전분을 푼 물을 그렇게 많이 넣었고, 재료나 다른 것들은 다 문제가 없었습니다. 계속 짠 맛이 나는 원인으로 의심이 가는 동지 조미료가 있었습니다. 설탕이었습니다.

"역시나…."

설탕통에 담겨 있던 가루에서는 소금 맛이 났습니다. 상황 파악을 한 그 순간 소리는 지르지 않았지만 마음이 급격하게 분노가 치밀었습니다. 내 나름대로 주먹으로 벽을 치며 분노를 표출하는 행동을 했습니다. 그랬습니다. 설탕통에는 소금이 들어있었습니다. 부모님께서 맛을 보시고 내 분노의 원인에 대해 알게 되었을 때, 먹어보겠다는 이야기를 하셨습니다.

한동안 분노가 가라앉지 않았습니다. 거의 10년 정도 화를 낸 적이 없었는데, 이런 식으로 화가 드러나고 분노를 표현하는 게 너무 힘들었습니다. 화를 내고 있는 상태가 더 버거울 정도였습니다. 평소에 분노 조절을 극도로 절제한 것 때문에 분노를 내뱉는 게 너무나 힘들었습니다. 한숨이 나왔고, 마음은 께름칙했습니다. 신년부터 어딘가 불길한 운명의 전조처럼 일이 잘 풀리지 않았기 때문입니다.

대출의 종말

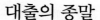

전화와 문자와 카톡
여러 번 안내 메시지와 연락
도미노 게임의 쓰러지는 블럭
너무 많은 일들
후폭풍은 원자폭탄 급의 깊이

2023년 1월 2일에 갚아야 하는 대출상환금을 내지 못하는 일이 일어났습니다.

2022년 10월에 퇴사를 하고 50여 군데 이력서를 넣고 10여 군데 면접을 보았지만 직장이 구해지지 않았습니다. 어려운 상황에 부딪혔습니다. 정리해보고 나니 대출 건이 9건 있었습니다. 합계가 오천만 원 정도였습니다. 어떻게 될지는 몰랐습니다. 10년 정도 쌓였던 대출의 합계가 오천만 원이고 많긴 했지만 그래도 이자는 제때 냈고 잘 차고 나갔기 때문에, 그때도 직업을 잘 차고 나가면 갚을 수 있었을 거라는 작은 희망이 있었습니다.

그렇지만 이제 직장도 없고 채용도 안 됩니다. 절체절명의 순간이 온 것입니다.

짜장면에 관해 쓴 일도 그러한 일들이 무언가의 전조증상이라 생각했습니다. '진짜 망하기 직전의 폭풍전야' 같았습니다.

이튿날 오후의 집에서 소파에 누워 계셨습니다. 그 당시만 해도 어머니는 평소와 다름없이 지내셨고, 아들이 저지른, 이다음에 일어날 일을 모르시고 스마트폰으로 인터넷을 하고 계셨습니다.

평온한 그 분위기가 분명 깨질 것이 틀림없었기에 어머니께 이야기하지 못하고 아버지께 이야기했습니다. 아버지께서는 큰 방에 계셨고 아버지가 그곳에 계셨던 게 다행이라 생각합니다. 노크하고 아버지께 이야기를 시작했습니다.

대출 금리가 오르고 대출이 오천만 원가량 있기 때문에 내가 변제할 의사는 있지만 능력이 없습니다. 실직도 했고 여러 가지로 어려워서 고금리에 허덕이고 있다고 설명을 해드렸습니다. 표정 변화 없이 아버지는 말씀하셨습니다. "우리 사정에 그만한 돈은 없다. 네 어머니는 한 달에 백만 원만 있어도 소원이 없겠다고 이야기한다. 그런 식으로 돈을 쓰면 변제해 줄 수 없다. 예전부터 돈 관리를 했어야 되는 것이 아닌가?" 하셔서 그 말이 귀에 닿지 않았습니다. "제 앞으로 해 놓은 예금이 있으면 옮겨놓으시라는 이야기를 하고 싶어서 말씀드리는 것입니다." 했고 제가 나가려 했습니다.

"대출금액이 얼만데?"

"한 사천 정도 됩니다."

문을 닫고 내 방으로 갔습니다. 이게 잘 이야기한 것인지 고민이었습니다. 예상 밖의 구도가 아니었습니다. 결말은 당연했습니다. 방으로 간 뒤 한 10분 뒤에 아버지는 어머니께 가서 말씀하셨습니다.

"지금 진행이 앞으로 들어놓은 예금이나 보험 있나?"
"진행이 앞으로 들어놓은 예금 주택청약이랑 내가 차고 나가는 예금보험 있지."
"지금 진행이가 대출 빚이 많아서 갚지 못하는 상황에 처해 있다고 합니다. 정리할 수 있는 것이 있으면 정리해야 할 것 같은데…."

이 말을 들으신 어머니는 탄식 어린 숨소리로 말씀하셨습니다.

"뭐가 어째? 어떻게 그럴 수가. 내가 저번에 제 대출 갚으라고 사백만 원 줬는데 대출 안 갚았는가 보네? 무슨 이런 경우가 다 있어? 어떻게 돈 한 푼 악착같이 벌어도 시원찮은 판에 이럴 수는 없다. 내가 왜 이렇게 해야 되나? 진짜 어이가 없고 한심하다. 지금까지 돈 쓴 것들은 경제개념 없이 그렇게 쓴 거가? 내가, 아이고! 아이고! 이를 어쩌나! 신용 불량자 되면 예금이랑 보험이랑 다 압류 먹는데, 아이고! 내가 미쳤지!"

그러면서 시름으로 통곡하시면서 계속 분노하고 분노하셨습니다. 소파에 눕는 소리가 들렸고, 아버지는 방으로 들어가셨습니다. 어머니는 소화가 뭔가 안 되셨는지, 아니면 갑작스러운 충격에 혈압이 오르셨는지 구역질을 하셨고 화장실에 뛰어 들어가 구토하셨습니다.

시름시름 앓는 목소리로 "아이고… 아이고… 이거 어떻게 해…. 이러면 안 된다." 그러시고 아버지께 부축받아 큰방으로 들어가셨습니다. 그때까지 어머니의 통곡 소리가 방안에 울려 퍼져 내가 듣게 되었고 아버지는 다른 방으로 들어가셨습니다.

나는 이 소리를 듣고는 아무것도 할 수 없었습니다. 죽을 것 같았습니다. 직업도 없고 아무것도 믿을 게 없었습니다. 카메라도 없고 렌즈도 없습니다. 팔 것도 없습니다. 외장하드가 있었지만 팔리지 않았습니다. 뭘 해야 할지 몰랐습니다.

그렇게 사고를 치고 나니 부모님의 시름이나 대화 소리, 몰려드는 소리가 감당되지 않았습니다. 그래서 이어폰으로 명상음악을 틀었고 마냥 누워있었습니다.

저녁을 먹기 위해 밤까지 부모님이 주무시길 기다렸습니다. 밤 11시 즈음이 되니 다들 들어가시고 나는 물이랑 부엌에 있는 빵 몇 조각을 챙겨 먹었습니다. 그렇게 고된 시간이 지나갔습니다. 한번씩 방 안에서 어머니의 통곡 소리가 들렸습니다.

지갑에서는 삼만 원 정도의 돈이 있었고 이것으로 어떻게든 살아야겠다고 생각했습니다.

다음 날 이른 아침에 어디론가 나가시는 어머니, 그때를 기다

내 마음속의 신을 움직이다 - 조율기록 편

려 밖으로 나갔습니다. 밖으로 나가면서 무언가 석고대죄하는 마음을 가지자는 생각을 강하게 했습니다. 내 방 앞이 바로 화장실과 현관문이었습니다. 그래서 뒤돌아보지 않거나 타이밍만 잘 맞추면 화장실을 갈 수 있었고 현관문으로 잘 나갈 수 있었습니다.

먼저 먹을거리를 어떻게 해야 할 것 같았습니다. 굶을 수 없다고 생각했기에 여러 가지 두 끼 정도 해결할 게 필요했습니다. 가장 먼저 생각한 것이 대용량으로 들어있는 식빵이었고 두 번째는 케첩과 물이었습니다. 구매하였는데 오천 원에 해결했습니다.

바깥에 나오니 움직임에 대한 에너지 소모가 있었고, 다른 음식을 먹을 선택지도 있었기 때문에 무언가 사 먹었습니다. 식비가 거의 사천 원 안으로 해결할 수 있는 게 없었습니다. 다들 만원 근처의 금액이었기에 고민했습니다. 저녁이 되었을 때 버거킹에서 1+1 와퍼 행사를 하는 것을 둘러보았는데 가성비가 좋다고 생각해 샀지만 정작 크기가 양이 차지 않아 엉겁결에 작은 친구들을 다 먹었습니다.

밤 11시쯤에는 밤길을 걷고 있었습니다. 걷는 길에서 좋아하는 음악들을 들었고 어떻게 해야 할지 고민이었습니다. 일단 식빵과 물이 생겨서 이틀은 버틸 수 있었습니다. 식빵을 산 날에는 바깥을 나가지 않았습니다.

그렇게 이틀이 지나고 3일이 지났을 때, 집에 있는 내 몰골은 말이 아니었습니다. 입에서 '바깥으로 나가서 목욕 좀 해라.' 하는 말이 맴돌았습니다. 좀이 쑤시는 터라 점심쯤 범일동에 있는 해수탕에서 몸을 돌봤습니다. 평소에는 온탕을 잘 버티지 못하였는데 10분 이상 뜨끈한 해수탕에서 몸을 버텼습니다. 냉탕에서도 목욕하고 찜질방에서 찜질하였습니다.

그렇게 하니 말끔해서 스트레스나 각종 통증이 줄었습니다. 더욱 신기한 것이 요실금 증상이 있었는데 해수탕 입욕 후 하지 않게 되었습니다.

나오는데 마침 이력서를 넣은 곳에서 면접 보러 오라는 연락을 주었고, 면접은 다음 날에 시작한다고 했습니다. 마케팅 회사였는데 채용내용을 보고 무엇을 하는 곳인지 알게 되었습니다. 밤 11시 지나서 항상 들어갔고 다들 주무시고 계셨습니다.

면접을 보러 갔습니다. 회사에 대해 여쭈어보시더니 처음부터 알고 왔다고 이야기했습니다. 그리고 이제까지의 이력을 싹 다 설명드렸습니다. 그리고 프레젠테이션을 보여주셨습니다. 아는 내용처럼 친근하게 다가왔습니다. 면접이 끝나고 소감을 물으셔서 "사실 가장 하고 싶었던 일이었고 예전부터 이 업계를 눈여겨 봐왔다."고 했습니다. 그리고 추후에 2차 면접 일정을 받았습니다.

집에 식빵이 없어서 다시 식빵을 사고 집으로 돌아왔는데 왠지 대형마트의 매장에서 싸게 팔 것 같은 느낌이 있어서 동네마트가 아닌 대형마트 매장에 가서 마실 것과 빵을 샀습니다. 그때 돈이 그때 오천 원가량밖에 없었기에 정말 싼 구백팔십 원짜리 콜라와 탄산수를 샀습니다. 1L인데 저렴하여 샀습니다. 식빵은 늘 사던 곳에서 샀습니다.

그렇게 한 일주일을 지났을 때, 집에서 일이 터지기 전에 산 로또가 4등에 당첨되었다고 하였습니다. 오만 원이 생긴 것입니다. "그래도 이렇게 우연찮은 행운도 있구나." 생각했습니다. 그때 수중에는 돈이 칠천 원 정도 있었습니다. 바깥에서 오만 원을 현금으로 받고 만 원을 자동 로또에 사용했습니다.

일정을 돌아보러 나갔습니다. 커피 쿠폰이 있어서 커피를 사 먹으러 갔습니다. 그때 타로를 알고 있어서 점을 쳐 보았습니다. 돈이 돌게 되었기에 입에서 이야기했습니다. "오늘은 순두부찌개 전문점 콩밭에 서 밥을 먹자." 부산 남포동에 있는 콩밭에는 순두부 전문점이자 뷔페식 반찬이 나오는 집이 있었습니다. 생각하길 하루 정도는 식빵이 채워주지 못한 단백질이나 섬유질을 먹는 게 건강에 좋다고 생각했습니다.

카톡에서 아버지 어머니와 나를 초대하는 방을 만들어서 이 일에 대해 설명했습니다. 무슨 일이 일어났는지는 모르겠고, 나중에 이야기하자는 말씀을 하셨습니다.

커피 전문점에서 내 타로로 나 혼자 카드를 뒤섞어 타로를 2시간 정도 점을 보았습니다. 밥을 먹으라는 결론이 나왔기에 그리했습니다. 이어서 다시 저 혼자 타로로 몇 가지 셔플을 했습니다.

　2시간이 지나고 콩밭에 가서 식사를 했습니다. 떡볶이와 튀김과 고기가 있었습니다. 일주일간 식빵으로만 이루어진 식단이었기에 내색은 하지 않았지만 맛있게 먹었습니다. 머릿속에서는 기쁨을 노래하진 않았지만 행복했습니다.

　돈을 치르고 나왔고, 오후 11시에 집으로 가서 다음 날 아침, 2차 면접을 봤습니다. "어렵게 봐라." 하는 말이 나와서 어렵게 봤습니다. 면접을 다 보고 대형마트에 가서 식빵보다는 천 원 정도 비싼 빵을 샀습니다. 집에 돌아왔는데 어머니와 마주쳤습니다. 앞치마를 앞에 두르고 나와 눈이 마주쳤지만 아무 말도 하지 않고 들어가셨습니다. 어머니는 내 모습을 보고 서러움이 북받치셨는지 통곡하셨고 슬픔에 방 안으로 들어가 시름시름 앓으셨습니다.

　사실 그때 나는 죄인이었습니다. 본래도 뭐가 확정이 나야지, 말할 구실이 있어야지 이야기를 하는 타입입니다. 해결되는 일 없이는 아무 말도 할 수 없었습니다. 말로 사과하거나 대충 얼버무리는 일을 한다면 그건 사기꾼 같은 것입니다. 자신감이 있고 근거가 있을 때 이야기를 해야지 말에 신뢰가 생겨나는 것입니다.

　신용보증기금에서 부채컨설팅으로 연락이 왔습니다. 모든 것을 들었습니다. 부채가 있어도 압류를 당해도 최저 생계비 정도 회복하고 나머지는 이자로 차압된다는 그런 이야기들을 했습니다. 갚을 수 있는 방법도 이야기했고 또 이야기했습니다. 금융과 신용이라는 돈의 전장에서 얻은 자신감으로 근거 있는 이야기를 할 수 있었습니다.

다시 식빵으로 밥을 먹고 아버지께 그간 있었던 일들을 다 말씀드렸습니다. 희망적인 이야기를 전하자 수긍해주시고 응원해주셨습니다. 상담할 수 있는 부모의 역할이 아버지께 있었습니다. 너무 감사하다는 말씀을 드리고 싶습니다.

대화를 이어가기 위해 무언가 노력을 했지만 잘 이루어지지는 않았습니다. 어차피 다시 친하게 지내려면 시간이 걸린다고 하니 그렇다고 믿었습니다.

이제까지 잘 살아온 것에 대한 대가를 치르는 것인가? 경제관념 없이 살아온 대가였습니다. 쓰디쓴 대가이자 사회에서 눈 감고 코 베어 간다는 게 삶이라 생각했습니다. 예측하지 못해 목까지 차오르는 분노란 그런 것이었습니다.

연락의 독소

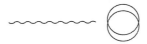

○
무엇을 하든지
자꾸만 구석으로 몰리네?
희망이 있었나? 바람이 있었나?
그냥 하던 일을 할 걸 그랬나?
가만히 있는 일이
어려운 일인지 몰랐다

　　　　　　　　모든 대출을 갚지 못하니 매일 독촉 전화와
문자가 왔고, 계속해서 대략 10여 군데의 금융업체와 카드업체
에서 입금에 관련한 압력을 가하고 있었습니다. 거의 일주일 이
상 듣게 되니 정신이 나가기 시작했고 힘든 나날이 계속되었습
니다. 쉴 수 있는 공휴일 정도는 괜찮았고, 평일에는 전화를 받지
않으면 "대출 연체의 회피성 행동."이라는 문자를 보내 전화를
꼭 받게 하였습니다.

　중간에 ○○마케팅 회사와 ○○대학병원 기간제 행정원 서류
합격을 받았습니다. 그렇지만 최종 합격한 회사가 ○○마케팅이
었기에 ○○대학병원 기간제 행정원의 급여가 더 높지만 면접을
보지 않고 포기하게 되었습니다. 그러나 ○○마케팅 회사에서도

성과를 내지 못하고 스트레스를 받고 허리나 하체에 무리를 받게 되어 이왕 안 될 일이라면 빨리 그만두는 것이 좋다는 이야기가 있어서 그만두었습니다. ○○마케팅은 MGO 활동이었습니다.

며칠 있으니 ○○재단에서 서류합격을 알려 왔습니다. 서울로 올라가는 차에서도 아버지께 돈을 빌려 겨우 차비를 마련하였습니다.

새벽 2시부터 일어났습니다. 저도 모르게 눈이 뜨였습니다. 면접을 준비해야겠다는 의지가 불타오르고 있었습니다. 일어나자마자 ○○재단 홈페이지를 보았습니다. 어제 NCS 표를 본 게 기억이 나서 둘 다 혼용하여 대본과 머릿속으로 암기하였습니다.
밤중이라 살짝 졸릴 법하기도 하였고, 새벽 4시가 넘어가니 집중력이 떨어졌습니다. 문득 새벽 5시가 될쯤에 이럴 바에는 "차라리 기차 안에서 면접 시험공부를 하자!"라고 결정했습니다. 새벽부터 가서 차표를 삼천 원 더 주고 일찍 출발하는 것을 끊었습니다.

자리는 역방향의 창가 자리였지만 비좁은 관계와 기차가 체감으로 주는 속도감 때문에 현기증이 났습니다. 집중도 못 하고 졸아버렸습니다. 노트북을 가져왔는데 와이파이 인식이 되지 않아서 인터넷을 하지 못하였습니다.

일찍이 도착하여 ○○지사: A조와 부산지사: B조 면접으로 나뉘었습니다. 물론 나는 일찍 면접장에 도착하여 A조의 O.T를 들고 있었습니다. 그리고 A조의 발표가 끝나기까지 기도하는 마음으로 있었습니다. 기도하였는데 허벅지가 한 번씩 시려와 손으로 문질렀습니다.

그런데 아무리 있어도 B조 팀이 오지 않는 것이었습니다. 혹시 "나 혼자인가?"라는 생각도 했지만 하나둘씩 B조 면접자들이 오기 시작했습니다.

들어온 면접자들은 세련된 옷깃에 자세 좋은 정장의 청년처럼 보이는 지원자와 키가 조금은 크지 않은 소녀처럼 보이는 지원자였습니다.

둘 다 쟁쟁한 지원자로 보였고, 제출할 때 얼핏 보인 많은 수료증을 보고 '나는 상대도 되지 않겠다.'라는 생각에 미리 주눅이 들었습니다.

몇 시간을 기다려보니 저는 B04번이었고, 시간이 다 되어 면접장에 들어갈 수 있었습니다. 면접시험은 기밀 서약을 했기 때문에 이야기하지 않겠습니다. 거기서 웬만한 질문들은 첫 질문을 제외하고는 내가 하고 싶은 만큼 내 이야기를 할 수 있었고 시간이 남았을 때, 나의 성격이나 하고 싶은 말을 물었을 때, 대쪽같이 대답하였습니다.

하고 싶었던 말들을 다 해서 울분이 사그라들었습니다. 뭔가 평소에 있었던 욕구 불만이 해소되는 느낌이었습니다.

내 마음속의 신을 움직이다 - 조율기록 편

나는 KTX를 타고 왔는데, 자리를 서성이는 사람이 있었습니다. 인지장애를 겪는 사람 같아 보였고 산만하게 돌아다녔습니다. 괜스레 여러 가지 생각이 들었습니다. 사실 발이 너무 아팠습니다. 발이 하루 종일 구두 속에 눌려 있었기 때문에 말이 아니었습니다. 발이 너무 아프고 피로가 누적되어 죽을 것만 같았습니다.

KTX 중에서도 수원과 구포를 경유하는 저렴한 기차를 끊다 보니 장시간 기차를 탔습니다. 옆의 인지장애를 겪는 것처럼 보이는 사람을 보면서 약간의 죄스러운 마음이 올라왔습니다.

"나는 관리를 잘해서 정상적으로 행동하는 것이지만 아직도 많은 장애인이나 사람들이 어려움을 겪고 있다. 이에 대해서 무슨 염치로 장애인의 혜택을 누린다고 말할 수 있을까?"

부산역에 내려서 발이 너무 아팠고 몸도 너무 무거웠습니다. 잽싸게 버스를 타고 집으로 오는데 별의별 생각이 다 들었습니다. 버스 안에서 현기증을 느끼고 불현듯 생각난 것이 있었습니다. 무의식적으로 이기심 가득한 마음이 스스로에게 물었습니다.

"너무 열심히 살았나?"

그 한마디에 자답하길 "나 너무 열심히 사는 것 같아.", "다른 사람 같으면 영원히 자고 싶을 텐데 고생만 하는 거 아니냐? 아무도 알아주지 않아. 직업을 몇 개씩 바꾸고 생활을 유지하고 삶을 구차하게 끌고 가는 거 좋아?"

뭔가 치인 듯한 망상들이 쏟아져 나왔습니다. 입에서 자동으로 "영원히… 자고 싶습니다." 물론 다른 표현이지만, 영원히 잠을 자고 싶다는 이야기를 했습니다.

"힘들잖아. 알아주는 사람 없어. 너의 사진사 생활도 마녀사냥 당했고, 열심히 살았더니 빚더미에, 부모는 등을 굽혔고, 스트레스로 여기저기 빚 독촉에 요실금도 오고, 면접 열심히 보고 왔는데, 너는 남는 것도 없고, 알아주는 사람 없어. 도와주는 사람 없이 의미 없는 세상이야. 영원히 자버리는 게 좋아. 나는 그렇게 했으면 좋겠다. 나는 영원히 잠들었으면 좋겠다."

초점 없는 눈동자를 하고, 무거운 발을 끌고 가듯 걸으면서 집으로 갔습니다.

집에는 아무도 없었고, 방 안에 부모님이 계셨습니다. 그때부터 정말 이 세계의 삶이 부질없이 느껴졌습니다.

"아무것도 없었습니다. 나를 위해. 이렇게 살아봤자. 다들 그렇게 살지도 않는데. 영원히 자 버리면 안 되나?"

계속 입으로 되뇌면서 저주스럽게 주문 외듯이 말했습니다. 아버지는 한 번 제 방 근처에서 한참 동안 서 계시더니, 아무 말하지 못하고 기침하시면서 "내일 이야기하자." 하고 방으로 들어가셨습니다.

겨우 진정한 것은 누나의 카톡과 이러한 내용으로 글을 쓰면서 해소를 한 덕이었습니다.

'그런데 너무 열심히… 사는 거 아니냐? 왜 이렇게 살아?'

내게 다시 자문하고 대답했습니다.

'영원히 자고 싶은 건 어때?'

반대편의 내 내면이 속삭이는 악마 같은 달콤함은 한순간에 나를 데려갈 것처럼 이야기하였습니다. 그렇지만 그는 나를 데려가도 그만이었고 데려가지 않아도 그만이었습니다. 지루한 것이었습니다.

'네가 죽어버리면 갈 곳은 이미 정해져 있어.'
'지옥입니다….'

그래…. 지옥에서 삽질이나 하자.

집안의 통곡

○
저녁을 아무것도 먹지 않고
항상 빈속을 품으며 잠을 잔다
일과가 시작되는 아침
어느 날에 일어난 일들이
운명의 날이라 말한다

　　　　　몇 주 동안 이야기하지 않았던 어머니께서 어느 날 아침에 나를 부르셨습니다.

　지금 있는 부채를 다 써 보라 하셨습니다.

　은행 앱을 통해 부채가 얼만지 편선지에 차례대로 썼습니다. 편선지에는 오천만 원이라 적었는데 원래는 칠천만 원이 넘었습니다. 그걸 보시고는 어머니는 기가 막히다는 듯이 말씀하셨습니다.

　"어떻게 빚이 사천만 원이 넘을 수 있나? 너무 많은 거 아니가? 나는 이렇게 네가 대책 없이 사는 줄 몰랐다. 왜 그러는데, 왜 돈을 빌릴 때 생각을 해야 하는 거 아니냐? 나는 만 원 한 장, 천 원

한 장 쓸 때도 덜덜 떨리는데, 왜 이렇게 빚을 많이 지면서 사냐?"

그러시면서 울먹이는 목소리로 통곡하셨습니다.

"아이고, 이렇게 우리 아버지가 나 보고 살림 잘 못한다고 이야기하셨는데, 아이고, 아버지. 무슨 낯으로 아버지 무덤에 가서 뵐수 있을까? 살기 싫다. 죽고 싶다. 한두 푼이어야지. 네 아버지하고 너하고 둘 다 빚을 치고 나가지도 못하고, 왜 내가 그걸 감당해야 하는데? 너희 너무하다. 내가 다 차고 나가서 지금 이렇게 버티고 있는데, 더 뭘 하라는 말이고, 나는 진짜 혼자 살고 싶다. 아이고… 아이고… 진행아… 너무하다."

통곡의 수위가 강해지면서 아버지와 나는 아무 말도 할 수 없었습니다. 어머니는 몇십 분간 통곡을 멈추지 않으셨고, 나는 가만히 있을 수밖에 없었습니다. 죽고 싶다는 사실만 계속 이야기하셨습니다.
우시기를 얼마나 지났을까? 어머니는 ㅇㅇ은행의 예금 통장을 건네주셨습니다.

"여기서 찾을 수 있는 만큼 찾아서 갚으라. 아이고. 아이고… 내가 죽고 싶다. 왜 그렇게 사는데."

순간에 경직되어 아무 말도 못 하고 있었습니다. 통장을 냅다 받아들고 나는 아무 생각을 할 수 없었습니다. 후회할 수밖에 없는 상황이었고, 어제 저녁을 굶고 오늘 아침을 굶어서 바른 판단을 할 수 없었습니다. 그리고 어머니의 통곡 수위가 너무 높았기에 머릿속이 백지상태였습니다.

그 길로 외래 통원을 하는 신경정신과로 가서 제 주치의 박 원장님에게 이야기했습니다. 간단히 인사를 하고 말했습니다.

"면접보고, 뭐하고 뭐했습니다. 그리고 이제 약값이 없어서 올수 없겠습니다."

의사는 깜짝 놀라서 내가 속한 행정주민센터의 전화번호를 물었습니다. 그리고는 전화해서 장애인 급여에 대해 여차저차 알아보고 물었습니다. 절차에 대해 이야기했고 절차가 필요하다 했습니다. 시간을 달라고도 했습니다.

의사는 직함을 밝히고 이야기하고 나중에 전화 달라 하셨습니다. 그리고 저에게 무언가 이야기하려는 그 순간 그때 아침에 녹음한 어머니의 통곡하는 목소리를 들려드렸습니다. 그 목소리에는 사태가 심각하다는 것이 드러났고 말없이 들으시는 것에 미간이 좋지 않으셨고, 상황을 인지하셨던 것 같았습니다. 아무 말씀도 하지 않으셨습니다. 저는 녹음을 다 들려드린 뒤 "절차대로 하려니 시간이 많이 걸리죠. 행정 해 봐서 아는 데 하루 이틀 이상 소모되는 일이고 결례가 되는 일이라 생각하니, 오늘로써 그만하겠습니다."라 하고 획 나와버렸습니다.

아무도 붙잡지 않았기에 그냥 나갔습니다.

내 마음속의 신을 움직이다 - 조율기록 편

그날따라 바람을 쐬고 싶었습니다. 그리고 남포동에 영도다리를 찾았습니다. 빈속에 얇은 코트를 입고 영도다리에 서 있었습니다. 바닷물 색깔이 에메랄드색으로 영롱했습니다. 생명이 바닷물 안에도 있는 듯 보였고 거센 바람을 받아들이고 있었고, 약간 뛰어들고 싶다는 생각도 했었습니다. 유튜브에 올라와 있는 자우림의 크리스마스 라이브 캐럴의 마지막 트랙의 라이브 음악이 희미하게 들리는 듯했습니다.

"편히 잠들 수 있기를….'

입으로 되뇌면서 저에게 권하는 환청들이 시시각각 나타나 이 음악을 떠올리게 하였습니다. 그런데 막상 뛰어들려고 하니 용기가 나지 않았습니다. 티끌만큼은 차가운 바닷속에 들어가면 답이 있을 것 같았습니다. 세상을 등지면 좀 나을 줄 알았습니다. 유서 비슷하게 가족들에게 "어머니를 돌봐드려라. 마음이 많이 다치셨다." 했습니다. 그렇게 쓰고 가방과 핸드폰을 내 뒤에 가지런히 정리하고 생각했습니다.

"조금만 용기를 내자." 바다는 그렇게 이야기하는 듯 보였습니다. 계속 내면에서의 갈망하는 것들이 있었습니다. 추운 바람이 저에게 경고하듯 이야기했고, 그 경고에 끝이 보이지 않았습니다.

한 몇십 분간 바다를 보며 갈등하고 있었는데, 그걸 유심히 보던 누군가가 다가와 물었습니다.

"뒤에 짐이 있는데 누가 가져갈 수 있어요."

어느 여성분이었습니다. 젊은 여성분이 그냥 말을 건 것은 아니었습니다. 고개를 돌리고 바닷바람이 부는 방향을 보고 있었습니다. 여성분이 계속 말을 걸었습니다. 계속 시선을 피했습니다. 그런데 주위를 돌아보니 지나가는 사람이나 바닷가 맞은편에서 낚시하는 사람, 행인들이 모두 나를 보고 있었습니다.

이렇게 사람의 이목을 많이 끌어버렸기 때문에, 거기에 서 있는 것을 포기할 수밖에 없었습니다. 그래서 그 여자분이 차 한 잔을 권유하는 데 따라갔습니다.

영도 경찰서 소속인 여성분이셨습니다. 영도 경찰서에 들어가 이야기를 했습니다. 제정신인 상태는 아니었습니다. 배도 고팠고 에너지가 떨어졌습니다. 그 사람에게 같이 따라간 것은 이목이 집중되어서라 재차 이야기했고, 티끌 정도는 될 대로 되라는 식으로 바다를 바라보았다고 했습니다.

가족 전화와 대출 전화가 같이 울렸습니다. 나는 전화를 받기에 심적으로 에너지가 없었기에 대신 받아주셨습니다. 옆에서 받으셨지만 벽이 두껍지 않아서 다 들렸습니다.

그 내용을 들어 보니 지나가는 행인이 영도 경찰서로 신고해서 나를 데려온 것으로 확인되었습니다. 의사가 집에 알리거나 그런 줄 알았는데, 지나가는 행인이 신고했다고 하였습니다.

내 마음속의 신을 움직이다 - 조율기록 편

결국 눈물은 터졌고, 멈추지 않았습니다. 눈을 뜰 수 없었습니다. 어제 면접을 본 것과 오늘 극단적으로 화를 내는 어머니의 모습에 나는 너무나 지쳐 있었습니다. 능력 밖의 일들을 엄청나게 많이 했습니다. 죽을 맛인데 살아 있는 게 기적이라는 생각밖에 들지 않았습니다.

아버지께서 택시를 타고 오셨습니다. 아버지와 이야기했고 병원에 다시 갔습니다. 의사 선생님은 다시 온 나 이외에 아버지와 이야기를 나누었습니다. 집안 형편이 좋지 않으면 정부에서 장애관련 급여를 신청하라는 이야기를 하셨습니다. 그리고 못 박으며 말하셨습니다.

"조현병 환자들은 대개 병을 투병하는 과정에서 혼자 살기 힘든 위치에 있습니다. 집에서 가장 약자는 진행 씨고, 주위에서 도와주지 못할망정 꾸짖는 일들은 치료에 금기시되는 행동입니다. 대출이 갚기 힘들면 정부 도움을 받아서 해결하는 방법도 있고, 포기하지 않았으면 좋겠지만 너무 환자를 몰아가시면 안 됩니다.

아버지는 환자들이 한 달에 필요한 비용에 대한 평균을 알고 싶어서 정형화된 수치로 필요 금액 통계를 물어 보셨습니다. 의사는 "금액이 얼마든 간에 그게 중요한 게 아닙니다. 아드님은 상태가 나쁘지 않은데 계속 궁지에 모시는 것을 보니 너무 안타깝습니다." 하고 답했습니다.

이야기를 마치고 나와서 약을 타 갔습니다. 아버지는 뭔가 생각이 바뀌셨는지 "돈이 필요하면 아버지한테 달라고 해라." 그렇게 말씀하셨고, 셋째 누나와 어머니가 집에 있으면서 "돈 이외의 생활적인 부분은 도움을 주겠다." 하셨습니다. 악몽 같은 나날이었습니다.

지금 할 수 있는 플랜은 ○○재단에 합격하여 대출금을 1~2회차를 갚고 내가 차고 나가는 방법이 있고, 두 번째는 행정복지센터에 서류를 받아 작성하여 정부 보조금으로 사는 방법이 있었습니다. 어제 면접 본 곳에 합격하면 차고 나갈 수 있습니다. 그리고 되지 않더라도 행정복지센터의 도움을 받아서 2~3개월 내로 보조금으로 사는 방법도 있었습니다.

나도 마음이 좋지 않았습니다. 심란했습니다. 다들 걱정하는 것이었는데, 그렇게 되었습니다. 합격자 발표가 나는 2월 2일까지 기다리기로 하였습니다. 지금으로부터 이틀이 남아 있었습니다.

합격이 될지 안 될지는 몰랐습니다.

신용보증위원회에서는 제2금융권에서 통장 차압이나 압류가 어렵다는 이야기를 들었고 집행도 3개월 정도의 여유를 준다고 했습니다. 그리고 사람이 하는 일이기 때문에 잘 알려주고 이야기해주면 설득이 통할 때도 있다고 들었습니다.

내 마음속의 신을 움직이다 - 조율기록 편

다음 날 아침에 약을 먹지 못해서 입에서 계속 말들이 돌았습니다. 나도 모른 채 "오늘 전화나 문자 오는 건 절대 받지 마라."라고 했습니다. 그래서 전화 한 통 받지 않았습니다. 전화 올 곳이 없었기에 걸려 온 전화는 모두 대출 전화였고 나중에 확인해 보니 무려 60통 이상이 와 있었습니다.

그다음 날 저녁 6시에도 스마트폰을 보니 문자가 100통 이상, 전화가 60통 이상 걸려 왔습니다. 입에서는 "받아봤자 사람들이 말하는 게 언어의 칼이라 지금은 채무를 갚을 수 있는 근거를 얻을 때까지 가만히 있는 게 좋을 것 같다."라고 하였습니다. 그래서 약을 먹고 잤습니다.

어느덧 내일이 발표 날이었습니다. 어떻게 될지는 몰랐지만 이번에는 좀 잘 되기를 기원했습니다.

그리고 다음 날, 기대하던 그 합격은 불합격 통지로 돌아왔습니다.

어머니의 고통에 관하여

어머니께서 할아버지 볼 면목이 없고 살림을 잘못 건수했다는 지적을 받은 것에 괴로워하시며 한탄하신 부분에 대해서 생각해 보았습니다. 그래서 어머니라는 존재를 내려다볼 수 있었습니다. 어머니의 평소 행동과 지금과 같은 부분을 보았을 때, 유년기나 청년 시절에 고된 훈육과 노동이나 엄격한 가르침 같은 부분이 있을 것이라 추측할 수 있었습니다. 그 마음을 생각해 보니 과거로부터 가정에서의 훈육은 사람을 트라우마나 원치 않는 방향으로 가게 한다는 사실에 분노하게 되었습니다. 어머니의 태도가 과거의 과정에서 비롯된 행동이라는 생각을 지울 수 없었습니다. 그 시절에 안 그런 사람 없다는 이야기할 수 있겠지만 그런 태도나 패턴을 후세에 물려주는 것은 죄악이라 생각이 들었습니다.

죽어서도 할아버지를 생각하며 걱정하고, 벌벌 떠는 모습은 충격적이었기 때문입니다….

문득 생각났습니다. 할머니가 살아계셨을 때 철옹성 같은 집에서 혼자 사셨습니다. 그 집에서 내가 한 번씩 가면 예전 이야기를 하셨습니다. "옛날에 농경사회이었을 때, 사계절 동안 땡볕에서 아기를 업고 낫질을 하면서 논밭 일을 몇 시간씩 도왔다." 하셨습니다. 그래서 집안 사회의 어머니와 할머니의 희생에 대해 생각해보고 돌아보는 일을 할 수 있었습니다. 과거로의 희생이 현재와 합쳐져서 그런 부분이 계속 계승되지 않는지 생각해보게 되었습니다. 그렇게 보면 할아버지도 조상께 엄격하게 자라고 그리하였을 것이라는 생각을 했습니다.

어머니도 희생자고 할머니도 희생자고, 할아버지도 희생자였다는 생각을 맺게 되었습니다. 그런 티끌보다 좀 많은 생각들 덕분에 한국 사회의 이러한 인습이 계승되고 있다는 것에 한탄하게 되었습니다. 좋지 않았습니다. 아버지께 어머니의 마음이 어떻게 구성되고 나빴던 행동에 대해 생각한 내용을 말씀드리니 아버지는 내 말을 누르시고 어제 적극적인 행동보다는 자신의 마인드를 가지고 행동하셨고 온 촉각이 내 빚에 쏠려 계셨기에 약간은 다른 행동을 취하신 것 같았습니다. 의사를 만나기 전인 원점으로 돌아온 것 같은 느낌이었습니다.

그렇게 따지면 아버지께서도 옛날 이야기를 하실 때 "기술을 공부할 때 그 당시에 공부를 열심히 했는데 그런 부분에 대해 사람들이 아무도 칭찬해주지 않았다. 내가 칭찬받으면 좀 더 잘했을 것이다…," 하고 말씀하셨습니다. 70년대에 100만 평 부지의 공업사의 공동 대표를 하시고 전국에서 동 가공 기술이 최고였다는 평으로 일을 배우려는 사람들이 늘었으니, 실제로는 아버지는 잘하고 계셨을지도 모릅니다. 그러나 뛰어난 기술자라는 결과 이전의 과정에서 혼자셨을 때는 아무도 아버지에게 칭찬을 하지 않았던 것으로 생각됩니다. 아버지도 옛날의 가정 사회의 마인드가 몸에 밴 사람이었기에 그 수십 년간의 고집을 깰 수 없었을 것입니다. 벗어나지 못하는 내면의 마음이 고착되어 있다는 생각을 하였습니다.

대출의 종착

빚이 있으니 길을 갈 수밖에 없었습니다.

평범한 사람도 마찬가지지만 정신 장애인은 돈을 쓰는 기준의 한계점이 일반인들과 다릅니다. 자신의 한계치를 체감하지 못하고 무딘 면이 있다는 의사의 말을 들었을 때 깨달았습니다. 그래서 장애인은 빚을 만들면 쉽게 갚을 수 없다 합니다. 여러 번 강조하고 이야기했지만 빚을 지면 그만큼 머리를 쓰거나 빚을 갚기 위한 노력을 할 수밖에 없습니다.

2023년의 시작은 불안정하였습니다. ○○연구원을 나와서 여러 회사에 서류를 넣어서 1차 서류합격은 받았지만 2차 면접전형에서 우수수 떨어지게 되었습니다. 대표적으로 공기관인 ○○공사나 ○○재단 같이 굵직한 곳에 인연이 닿아서 면접의 기회가 있어서 서울에 가게 되었을 때만 해도, 의외로 잘 풀린다고 생각했지만 세상은 그리 만만한 곳이 아니었습니다.

내 마음속의 신을 움직이다 – 조율기록 편

지금까지 형편 맞춰 아득바득 대출을 받은 곳이 무려 열 군데 였습니다. 법 쪽으로 들어가니 대출한 곳을 채권자라 하고 대출을 받은 나는 채무자라 했습니다. 빚이 얼마인지 계산해보니 육천만 원 정도 되었습니다. 이 빚이 생기게 된 원인은 무엇인지 생각하고 생각해보니, 안정된 직업을 언제든지 가질 수 있다는 믿음 때문이었습니다.

"대출을 받아도 다시 직업을 가지면 그 돈으로 차고 나갈 수 있어."라는 망상을 하였던 것으로 생각합니다. 고가의 물품 중에 팔 수 있는 것은 다 팔았고 취업을 시도했지만 서류 단계는 통과할지언정 면접으로 합격할 수 있는 곳은 한계가 있었습니다. 돈이 있어도 그것을 유지하기 어려웠고 관리하지 못했기 때문에 1월에 처음으로 대출 연체를 하였습니다.

대출이 연체되자 2023년 1월부터 살벌하게 독촉이 들어왔습니다. 그 당시 확인한 바로는 하루에 맨날 60통의 전화가 왔었으며 하루에만 100건의 독촉 문자가 쉴 새 없이 쏟아졌습니다. 1월을 얼마 지나니 독촉장이 하나-둘씩 날아왔고 그걸 보는 것만으로도 죽을 것 같은 순간이 계속되었습니다. 집안은 불안정했고 어머니 아버지는 불안한 모습에 내 행동에 부정적인 말씀만 늘어놓으셨습니다.

그리고 스트레스를 너무 받았는지 밤에 자다가 침대에 오줌을 지리기도 하였습니다. 일주일에 3번 이상은 그럴 만큼 횟수가 잦았습니다. 그 당시 이불이 겨울 이불이다 보니 빨고 말리는 데 상당히 힘들었었고, 그러한 것에 대해 어머니께서 상당히 고생하셨으며, 이불을 매일 빨고 말리고, 침대 매트리스를 청소하는데 반나절 이상 걸리기도 하였습니다.

타협의 이야기

독촉 전화가 멈춘 것은 어머니께서 내 미래를 위해 유일하게 들었던 연금보험을 해약한 뒤부터였습니다. 몇 년간 모은 돈 사백만 원을 선뜻 내주셨습니다. 그래서 그 돈을 가지고 2023년 2월 6일, 독촉 전화가 오는 순서대로 2회차 금액을 갚아나가기 시작했습니다.

ATM기로 입금을 하면서 많은 돈을 이체시켰으며, 총 아홉 군데에 각각 합산 이백여만 원의 이자를 입금할 수 있었습니다. 그러한 작업으로 그나마 한숨 돌릴 수 있었지만, 다음에 다시 갚아야 하는 것을 걱정하며 빨리 직업을 구해 대출을 갚아 나가기를 고대했습니다. 그리고 남은 이백만 원은 어머니께 돌려드렸습니다. 돌려드리고 나자 어떻게 이 형국을 벗어나야 하는지 생각하면서도 그날은 발 뻗고 잘 수 있었습니다.

그렇지만 예상치 못한 문제가 있었는데, 그날만 연락하지 않았던 은행이 있었던 것입니다.

그 은행은 대출 이자를 모두 붙인 2월 6일 당일만 연락을 하지 않은 은행이었고, 다른 은행의 이자를 다 갚은 다음 날 전화를 걸어 갚지 못했던 이자에 대해 기한이익상실을 근거로 전액을 갚으라는 문자 통지를 내린 것이었습니다.

이자 관련해서 갚을 건 다 갚은 줄 알았는데, 뜬금없는 이야기였습니다. 그 금액은 칠백칠십만 원이었고 만약 여기서 다른 이자까지 다시 갚아야 한다면 납입해야 하는 돈이 규모가 천만 원대에 육박했습니다.

그러한 금액을 갚을 수는 없었습니다. 모든 것을 포기하는 방법밖에는 없었습니다. 시간을 벌 수 있을 만한 다른 방법을 찾아보니 개인회생-파산이 생각나 진행하려 하였습니다. 검색했을 때 개인회생-파산을 찾아보니 수백 개의 여러 광고들로 화면이 가득 차 있었습니다. 부산 근처 소재의 인터넷 ○○법률에 상담하기 위해, 부산 관할 상담소에 예약하는 단계까지 갔습니다.

예약을 다 마치고 적극적으로 알아보려는 첫날이 되었을 때, 실질적으로 수임을 맡으려면 다시 구 관할의 자신의 법률센터에서 인터넷으로 예약해야 한다는 이야기를 들었고, 이야기를 다 듣고 인터넷으로 예약을 시도했는데 이미 예약이 3~4월까지 다 차 있다는 말을 들었습니다.

1월에 경험한 일을 더 이상 겪고 싶지 않아서 지푸라기라도 잡는 심정으로 우리 동네 구청 주변 법무사 사무소를 찾았는데, 거기에서는 "법원이 이전되고 구청이 그러한 업무를 하지 않기에 해줄 수 없습니다."라 했습니다. 그래서 "인연이 있어서 여기 왔다고 생각하겠습니다." 하며 나가니 사무직원은 흐뭇해하며 나가는 모습을 살펴주셨습니다.

부산 연제구 거제리에 개인회생과 파산 전문으로 하는 사무소를 찾아 발이 이끌리는 곳으로 가 문의하고 상담받았습니다. 그리고 최종적으로 수임을 맡기겠다는 말을 하였고 서류에 계약하고 설명을 다 들었습니다. 그래서 부수적인 서류 준비를 하는 단계까지 오게 되었습니다. 계약서를 써 두었다는 것만으로도 안심이 되었습니다.

계약서를 쓰고 일주일 있으니 사건번호가 나왔습니다. 채권을 가진 은행에서 연락이 올 때마다 사건번호를 불러주자 다음부터 문자와 전화를 하다 며칠 뒤에는 연락을 하지 않게 되었습니다.

채권자의 독촉이 줄어드니 가정의 문제가 남아 있었습니다. 빚 문제 때문에 어머니는 힘들어하시고 밥도 잘 드시지 않았습니다. 아버지의 집에 대한 일과 제가 겪는 요실금 문제 등등을 생각하니 어디론가 요양을 가야겠다는 생각을 잠깐 하기도 하였습니다.

이러한 부분을 해결하려 노력하고 있을 때, ○○정신과 의원의 박 주치의는 상황 설명을 듣고 이야기하며 입원 가능성을 언급하였습니다. 그러나 그 당시 만 원도 가지고 있지 않은데 무얼 할 수 있었을까요?

그때 생각난 곳이 정관에 있는 부산 직업능력개발원이었습니다. 거기서 2015년도쯤에 콜센터 교육을 한 달 받았던 적이 있기에 거기에 입학해야겠다는 판단을 내리게 되었습니다. 가족끼리 갈등으로 인해 감정이 상한 상태였고, 무엇보다 상황이 굉장히 불안했기 때문에 불안을 빠르게 제어하지 않으면 트라우마나 자신감 상실이 계속되리라 여겼기 때문입니다.

그래서 정관에 있는 곳의 부산 직업능력개발원에 연락하고 상담받은 뒤 시험 일정을 잡았습니다.

대출-금전 관련 이야기

대출과 금전 관련해서 장애인은 인지능력이 떨어지는 약을 먹기 때문에 돈의 씀씀이가 헤픈 것이 아닌 금융에 대한 무딘 면이 있다고 보여집니다. 그렇게 빚을 지면서 하는 생각이 "꼭 잘 되는 직장에 들어가서 빚을 치고 나가야지."였습니다.

그런 생각으로 버티다가 이번에 일이 터진 것입니다.
서류 문제 하며, 집안에도 많은 폐를 끼쳤을 뿐만 아니라 법무사 사무실에 수탁하기 위해 수임료를 내는 등의 과정들이 있었습니다.

직접 겪은 당사자로서 이야기하자면 상당히 많은 전화들이 옵니다. 문자도 끊임없이 오며, 집에 방문한다는 이야기도 하며, 기한이익을 상실했다고 금액을 전부 갚으라는 이야기도 합니다. 어떨 때는 집의 전화기로 연락이 오기도 합니다.

문자는 내 경우에 하루에 100회 정도 왔었고 전화는 70회 이상 왔습니다. 이걸 하루하루 겪다 보면 고통스럽기 짝이 없습니다. 해결 방법을 찾기 위해 노력했지만 결국에는 파산절차를 밟게 되었습니다.

어떻게 될지는 모르겠으나, 이제 원고는 미래의 결말을 기다리고 있습니다.

3장

중년의 시작

 모험출근과 직업학교 입학

01

시험을 치는 날짜가 다가와서 한국장애인고용공단 산하의 부산 직업능력개발원에 시험을 치러 갔습니다. 오전 10시까지 부산 직업능력개발원 고객 대기실에 대기하고 있으면 인솔자가 시험 진행을 위해 인솔한다고 하였습니다.

그래서 당일 새벽 5시 지하철 첫차를 타고 부산 직업능력개발 원으로 향할 계획을 실행하였습니다. 새벽 4시 30분쯤에 지하철 역으로 향해보니 문-셔터가 앞에 쳐져 있었습니다. 사람들이 드 문드문 서 있었고 낡은 행색의 행인 한 명이 나를 보고 불안한 듯 이리저리 왔다 갔다 하고 있었습니다.

셔터는 5시쯤에 열렸고 그 낡은 행색의 행인은 곧장 화장실로 뛰어갔습니다. 나는 아무렇지 않은 듯이 승강장 쪽으로 들어갔고 승강장으로 열차 오는 신호가 들렸습니다. 그렇게 해서 첫 열차를 타고 연산동으로 향했습니다.

연산동에는 갈아타는 버스가 오전 6시에 온다고 나와 있었습니다. 오전 5시에 도착해서 1시간을 기다렸습니다. 오전 6시가 되니 버스는 자연스럽게 왔고 천천히 운행되었습니다. 버스는 내 마음을 아는지 고독하게 도롯가를 질주했고 그 도로에는 버스만 달리고 있었습니다. 가는 데만 1시간 이상이 걸렸습니다.

직업능력개발원에는 오전 8시 조금 넘어서 도착했고 시험을 치는 오전 10시까지 기다려야 했습니다. 1시간 반가량을 기다려야 했고 의자가 있는 책상에 앉아서 가만히 숨 고르기를 하고 있었습니다. 아무렇지 않은 듯이, 미동도 없는 듯이 움직이고 있었고, 나는 눈을 끔벅이며 30분 간격으로 시계를 보았습니다.

테스트 시험을 치러 온 인원은 12명이었고, 나는 오전 10시가 되어서 시험을 보러 시험을 치르는 강의실로 이동하였습니다. 강의실에 도착하니 시험지를 배부하였고 거기에서 시험은 분야별로 여러 가지를 쳤습니다. 도형이나 조립, 걷는 것, 지능검사, 심리검사 등등을 하였습니다. 중학교-고등학교 수준의 시험문제였으며, 아침 2시간을 보내니 12명이나 되는 사람의 시험이 절반은 끝나게 되었습니다.

그리고 점심시간이었고, 오후 시간 2시간을 기다려 면접을 보고 나니 시험이 끝났습니다. 후련하게도 중학교 영어 시간에 알

내 마음속의 신을 움직이다 - 조율기록 편

특히 배운 게 많은 도움이 되었습니다. 어떻게 쳤는지도 모르게 끝나버려서 시험에 붙기를 기도하기도 하였습니다.

그렇게 며칠이 지나니 합격 소식을 받았습니다. 합격하고 집에서 나오 데 "제발 독촉 전화는 그만 왔으면 좋겠다."는 간절함이 있었고, 차분해지자마자 얼마간의 예측할 수 없는 미래에 불안 반 초조함 반이 나를 엄습했습니다.

그리하여 나는 부산 직업능력개발원에 입학하게 되었습니다.

합격한 사람이 대기실에서 기다렸고 개인적으로 입학 등록을 하게 되었습니다. 사실 이러한 입학을 하는 이유는 취업을 지원 받기 위함도 있었지만 혼자 기숙사를 쓰며 요양하는 것이 이곳에 들어온 목적 중 하나였습니다. 그 당시에 집에서는 시종일관 불안하였으며, 불안을 정리하고 많은 것들을 회복하기 위해 머리를 비워야 하는 일들이 있었습니다. 합격자는 12명 중 4명이었습니다.

학교에는 우울에 대해서 상담할 수 있는 정신 보건 선생님의 상담도 있었고, 담임 선생님도 있었습니다. 분위기는 그렇게 나쁜 편이 아니었습니다. 체계가 잡혀 있다기보다 자유롭게 하나하나 탑을 쌓을 때 붙이는 작업을 일일이 하며 근로자를 교육하는 것 같은 느낌이었습니다.

방을 배정받고 첫날에 기숙사 룸메이트가 있어서 함께 방을 썼습니다. 침대는 두 대가 있었고 통성명을 하였습니다. 그리고 구역을 나누고 간단히 식사한 뒤, 나는 하루가 어떻게 끝나는지 모르는 채 잠을 자게 되었습니다. 내 룸메이트가 잠을 자는 게 맞나 싶을 정도로 투덜거리는 느낌이 났지만 그래도 어렵지 않게 잠을 잘 수 있었습니다.

일어나 보니 입고 있었던 조끼가 벗겨진 채였습니다. 무슨 일인가 싶어서 고개를 갸우뚱했는데 뭔가 일이 있었나 봅니다. 정신없이 방을 나서서 룸메이트에게 이야기를 했는데 생활지도실로 갈 일이 발생한 듯했습니다. 같이 가면서 무슨 일이 있었는지 물었는데 너무 코를 골아서 잠을 못 자겠다고 하였습니다.

뭔가 해프닝이 있었다는 것을 알게 되어 생활지도실에 가서 죄송하다는 이야기를 드리고 방을 룸메이트가 옮기게 되었습니다. 삭신이 쑤시고 머리도 아프고 하였기에 첫날의 신고식을 제대로 치른 듯한 느낌이었습니다. 이런 생활이 적응되지 않음을 해명하고 아침을 맞이하였습니다.

오리엔테이션이 끝나고 상황의 조율이 필요하였기에 생각해 두고 있었습니다.

02

정보 분야로 가서 자기소개를 할 수 있었고 수업을 들을 수 있었습니다.

자기소개를 할 때 이야기를 하였습니다. "자기소개서 코칭이 필요한 분은 자기소개서를 봐줄 수 있다."는 코멘트를 날렸으나 정보 분야의 훈련생들은 그 말에 뭔가 기대하는 것은 없었습니다. 누군가는 나에게 허언증이라는 이야기도 하였습니다만 그래도 그런 말을 한 이유는 제가 부산 직업능력개발원에 기여하고자 하는 바가 있기를 바랐기 때문입니다.

어느덧 나이 지긋한 훈련생이 도화선이 된 것처럼 '자신의 자기소개서를 봐 달라' 해서 제가 본 적이 있습니다만 자소서를 보았을 때 잘 다듬어지지 않은 야생의 자소서 같은 느낌이었습니다. 그래서 합격할 수 있게 코칭을 해주었습니다.

그게 첫 번째 자기소개서 코칭이었고 그분의 수료 기간은 얼마 남지 않고 하산할 때가 되었다 하셨습니다.

어느 날 ○○기업 신입 훈련원 공채 때 훈련생 공고가 떠서 다른 훈련생들의 자기소개서 첨삭을 해줄 기회가 있었습니다. 저는 열정과 성의를 다해 봐주었으며 얼마 지나지 않아 첨삭해준 친구들이 서류 합격했다는 소식을 들었습니다. 면접 코칭도 해주어야 하는데 1분 자기소개서를 짜주고 스피치를 도왔습니다. 그렇지만 결과가 조금 늦게 나왔는데 결국은 떨어지고야 말았습니다.

이렇게 안면을 쌓으니 같이 다니는 훈련생이 다음과 같은 이야기를 하였습니다.

"쌀 한 톨도 안 나왔지만 미래에 쌀 일 백 가마니는 나올 것이다."

자기소개서 코칭에 실력을 입증받아서 코칭 부탁을 해 오는 훈련생들이 몇몇 있었습니다. 그들에게 자기소개서 코칭을 해주었고, 신기하게도 합격을 해오는 훈련생들이 있었습니다. 사실 그게 신기하진 않았고 당연하다 생각했습니다. 제 손의 정성이 들어가는 자기소개서라 당연히 합격이라는 생각이 들었습니다.

03

개발원에서는 체육 시간도 있었고 헬스할 수 있는 시설이 있어 그렇게 운동했습니다.

바깥 산책을 하는 시간이 있었고 그걸 "트래킹 활동"이라 하셨습니다. 바깥 산책을 가는 시간은 정관에서 저수지까지 걷게 되었습니다. 다양한 배려가 되어 있었으며 간식거리와 음료를 챙겨주셨고 보건의 선생님과 담임 선생님께서 같이 가셨습니다. 안전이 최우선이었고, 모두들 규칙을 지키며 걸어갔으며 약 10km 되는 거리를 걸어갔습니다. 걷는 동안 모두들 손잡으며 걸었고 지루하지 않게들 말재간을 뽐냈습니다. 나는 아재 개그를 몇 마디 던졌는데 싸늘한 반응들이었습니다.

점심때는 숲이 우거진 산 어느 운치 좋은 중앙 식당에서 식사를 하였습니다. 맛있게 먹었습니다. 고등어 정식을 먹었는데 역시 부산 고등어는 바다 내음이 잔뜩 났습니다만 산에서 바다 내음이 날 줄은 몰랐습니다.

내려올 때는 학교 버스를 타고 부산 직업능력개발원에 내려올 수 있었습니다. 내려와서 감상문을 쓰도록 되어 있어 감상문을 쓰게 되었으며. 다양한 이야기들을 쓰며 많은 사람들이 감명 깊은 문체로 썼다고 다른 사람들이 소감을 말하고 생각하였습니다.

04

아침마다 울어대는 새들에게 기성품인 크래커를 창가에 뿌려두면 잘 먹었고 잘 먹었습니다. 취미를 붙였습니다. 항상 혼자서 방 안에 있는 시간이 좋았습니다. 기숙하면서 혼자 있을 때면 간편히 입고 바닥에 기대게 됩니다. 혼자 생각할 수 있으니 많이 안정이 되는 느낌이었습니다. 잠을 잔 것 이외에는 항상 밤 10시에 누워 자면 새벽 4시나 늦어도 오전 6시 전까지는 기상하게 되었는데 문제가 있었습니다. 바로 요실금 문제가 해결되지 않은 것이었습니다.

그러하여 요실금으로 이불 세탁실을 자주 이용할 수밖에 없었습니다.

세탁하고 세탁할 수밖에 없었는데 그나마 다행인 것은 섬유가 잘 마르는 섬유였기에 이불보가 얇아서 방안에 놔두면 금방 반나절 만에 말랐습니다. 집에서 일어났다면 번거로운 일이 많았을 텐데 부산 직업능력개발원에서는 내가 감당할 수 있는 일 정도였기에 그 사실이 마음에 안정을 주었습니다. 매일 요실금 때문에 약을 어떻게 먹어야 할지 고민하게 되었으며 어쩌다 이렇게 되었는지 생각하게 되었습니다.

문득 의문이 들었던 일이 있었습니다만 한 번씩 약을 실수로 빼먹고 잘 때 요실금이 없었습니다. 그래서 아침에 약을 먹어 보았는데 신기하게도 저녁에 물을 마시고 자도 요실금이 발생하지 않았습니다.

이러한 일들이 있어서 병원 통원을 하였을 때 병원 의사에게 요실금 관련해서 이야기하고 앞으로의 방향성과 요실금에 대한 그간의 일들을 이야기를 해주었습니다. 의사에게 약을 임의대로 바꿔 먹는 걸 하지 말라고 이야기를 해주셔서 약물 복용에 대한 부분은 이야기할 수밖에 없었기에 해결책을 모색하여 보니 친절히 빼먹어야 되는 약물을 가르쳐 주고 하셨습니다. 그 덕에 요실금 증상을 줄일 수 있었습니다.

일부 진전이 있었습니다.
체중이 120kg인데 그렇게나 돌아다녔으면 조금 빠져야 하는 게 아닐까요?

01

입학한 뒤 몇 주가 지나니 이제는 자기소개서를 봐주는 것을 스스럼없이 하는 저를 발견할 수 있었습니다. 아마 여기서 내가 할 수 있는 기여가 아닌가 싶기도 하고 보람된 일로 삼고 있었습니다. 자기소개서 첨삭은 그리 어렵지 않았습니다. 그냥 쓰고 참고하라고 이야기해두면 서류까지는 다들 합격했는데 면접에서 조금 어려워했었습니다.

자기소개서만 갈고 닦았기에 면접 방법을 전수하는 것은 조금 어려웠습니다. 나는 오랜 시간 써 온 사람 입장이지만 뭔가 다 전수해주기에는 한계가 있었고 합격시키려는 애착을 가지고 임한다면 조금 철저히 했었어야 되는데 내가 무딘 것일까 생각해보았지만 최종의 면접에서는 당사자들의 판단이나 경계로 인해 진전이 없어 보이기도 하였습니다. 제가 그때 정식적인 취업 코칭 전문가가 아니었던 것도 한몫을 하였습니다.

항상 삼시 세끼 밥이 나오는 덕에 기숙하며 잘 살 수 있었습니다. 혼자 생각할 수 있는 시간이 많았습니다. 간섭이 없었고 다들 내 생활에 대한 참견은 없었습니다. 환경적으로 고민하는 시간을 많이 가질 수 있었다는 점이 참 좋았습니다.

체중이 조금씩 불었기에 나는 밥을 먹지 않고 지내는 것을 한번 해보았습니다. 저녁을 굶었는데 그렇게 굶기를 사흘이 지났을 때 허리선이 보이기 시작했습니다. 체중은 1kg 정도 빠졌습니다.

항상 차가운 얼음물과 비타민제 몇 알로 버텼습니다. 그렇게 버틴 것이 탈이 오기 시작한 시기는 간헐적 단식을 시작한지 2주가 채 되지 않은 날이었습니다.

콧물이 돌고 머리에 열이 오르기 시작했고 몸에 오한이 들은 것처럼 몸이 떨렸습니다. 정관 도시 근처의 병원 내과에 가서 약을 먹고 처방을 받고 건강기능음료 몇 병을 사서 먹었습니다.

다음 날 아침이 되니 다시 몸이 아팠습니다. 조퇴하고 다른 병원에 가서 보니 목이 부었습니다. 몸의 상태를 말하니 일주일 치약을 주었고 약 먹고 조금 나은가 싶었는데 다음 날에 갖가지 몸살과 오한이 도졌습니다.

내 입이 돌기를 "네가 지금 저녁밥을 먹지 않아 이리 된 것이
니 오늘부터 밥을 먹고 기운을 차려라." 그리하였습니다. 그리고
"돈을 벌면서 빼면 된다."라는 조언을 해서 그때부터 그냥 밥을
먹었습니다.

02

촬영 약속도 종종 있었습니다. 고정 멤버가 있었고 팀원의 촬영
이라 즐거운 마음으로 갔습니다. 그 당시 카메라 대여비가 상당
했습니다. 렌즈의 대여비를 피하기 위해서 집에 있는 지금 시점
에서 20년 된 렌즈를 썼습니다. AI SERVO로 설정하고 촬영하며
아날로그가 아닌 전자식 촬영인 라이브 뷰로 촬영하였습니다.
그 이유는 라이브 뷰의 경우는 셔터유닛을 거치지 않고 미러 유
닛으로 거치기에 핀이 맞지 않아도 그럭저럭 사진이 나오는 탓이
었습니다. 셔터 스피드나 ISO를 올리면 충분했습니다.

또 다른 일로는 선생님께서 AI 어플에 대해 알려주셨습니다. AI
로 그리는 AI 관련 이미지 그리기가 유행하고 있었습니다. 얼굴
보정이 되었습니다. 다운로드율이 높은 앱을 사용해 보니 놀랄 만
한 일이었습니다. AI 기술을 함부로 볼 수 없게 되었습니다.

그때가 4월이었습니다.

그렇게 지내던 중에 국가기록원에서 공모했던 '기록사랑 공모전'이 눈에 띄어 제가 직업 관련하여 도전하며 썼던 자료를 가지고 공모전에 응모하게 됩니다. 사실 입에서 "네 기록에 희소성이 있는지는 기록사랑 공모전에 가 보면 안다."라는 말이 돌기에 분량을 맞춰서 뚝딱! 글을 써 내려갔습니다. 의미에 대해 생각해보고 쓴 것이기도 하지만 쓸 수 있는 자신 있는 내용이 있으니 쓴 것입니다.

4월 말쯤에 입상하였다고 카카오톡으로 통보 메시지가 왔습니다. 그 카톡을 확인하고 보니 기뻐 어쩔 줄을 몰랐습니다. 너무나도 기뻤습니다. 그리고 무려 특별상으로 부산광역시장상을 수상하게 되었습니다.

그래서 이러한 일이 알려지게 되니 모든 사람의 축하가 있었고 바닥까지 내려갔던 프라이드가 회복되는 일이 생겼습니다. 그리하여 저는 5월에 있는 시상식에 상을 받기 위해 준비하였고, 뭔가 용기가 생기기 시작했습니다.

생각지도 않던 구직활동을 시작했습니다. 인턴이든 비정규직이든 조금씩 회사에 이력서를 넣었고, 그 이력서를 넣은 회사는 10여 군데 정도였습니다. 다행히도 대부분이 서류에 합격했습니다.

　일단 상을 받으러 서울에 올라갔습니다. 서울에 올라가서 경기도에 있는 국가기록원에 도착하여 올라가니 천혜의 요새처럼 되어 있었고 웅장한 건물에 시골 촌사람인 제가 놀라기도 했습니다.

　일찍 온 탓에 거기의 직원 식당에서 점심을 한 끼 하고 다시 기다렸습니다.

　시상식이 열리는 자리에 있는 주무관님과 인사하고 이야기를 나누었습니다. 공모전 응모자가 7백여 명 정도라 하시니 그중 10위 안에 들었다 칭찬하여 주셨습니다. 시상자 전용 자리에 먼저 자리를 잡고 앉아 있으니 시간이 흘렀을 때 수상자 주인공들이 왔습니다.

　초등부-중등부-고등부-대학·일반인 순으로 되어 있었습니다. 일단 상에 대한 호명이 나오면 상을 받았고 부산광역시장상 수여는 제일 마지막으로 모든 차례가 끝난 뒤에 받았습니다.

　기념사진을 찍고 내려오는데 좋은 경험이었습니다. 그리고 서류합격한 곳의 면접도 준비해야만 했기에 하반기로 갈수록 부산해지겠다는 생각이 들었습니다.

04

생각보다 면접은 만만치 않았고, AI로 면접을 보는 곳도 있었습니다.

면접은 노력하여 열심히 봤는데 다들 저를 뽑기에는 제가 미숙하고 어려웠나 봅니다. 세 곳의 탈락을 맛보고 개발원의 기숙 생활을 이어갔습니다.

이 시점으로부터 1개월만 있으면 방학이었습니다. 집에 돌아가 돈이 없는 채로 이십만 원 정도 훈련비를 받으면서 지내야 하는 생활에 많은 발전이 없겠다는 생각이 들었지만, 어쩌겠습니까? 그래도 자신감을 회복하였기에 다음에 있는 복지 일자리 1년 근무에 응모해보겠다고 다짐하며 방학이 시작되기까지 몸을 추스르고 있었습니다.

내 마음속의 신을 움직이다 – 조율기록 편

회복의 실행,
방학 전의 예비 합격 소식

01

길지는 않았고 짧지 않았던 5개월간의 개발원 생활을 끝내는 소식이 찾아온 건 방학 시작하고 며칠 지나지 않은 8월 1일의 어느 카톡 문자였습니다.

그 시기가 참으로 용했던 일이 있었는데 8월의 첫날인 1일에 전화가 왔습니다. "예비 합격자로 합격되어서 임용 여부를 묻겠다."는 것이었는데 저는 사실 "예비 합격자?" 하며 좋다기보다는 조금 의아했습니다. "예비 합격자를 수없이 많이 해보았지만 한 군데도 되지 않았었는데?" 온통 내 머릿속에서는 "지금 불경기인데 임용 당사자는 절대 포기하지 않을 것이다." 하는 생각밖에 없었습니다.

AI 면접을 보고 떨어진 곳에서 예비 합격자가 되었다는 말씀을 주셨고, 예비 1번이라 연락하였다고 하셨습니다. 일단 그때 준비할 수 있는 서류들을 분주하게 준비하고 8월 10일 임용을 결정하였습니다(그쪽에서는 임용이란 표현을 썼습니다).

첫 출근에서 처음 보는 사람들이 보였고, 사무실은 옛날에 공장을 운영하시던 아버지의 사무실 느낌이 짠하게 남아있긴 하였습니다. 감전동에 있는 사무실은 예전에 아버지께서 공장을 운영하셨던 곳이기 때문입니다.

일단 시스템이 갖추어지기까지 대기 시간이 있었는데 거기에 있는 인사 관련 규정에 임용 부적격 사유에 대해 찾아보았습니다. 그런데 파산 선고인이 임용 불가라는 조항이 신기하게도 없었습니다. 청년인턴으로 들어갔는데 일 배움에 대한 의미가 있었고 체험의 시간을 보는 것 같았습니다.

내 업무는 행정과 사무&전화 지원 업무 정도로 표기하였습니다.

시스템 등록이 될 때쯤에 별일은 없었고 하루하루 사무실 내부를 파악하고자 애썼습니다. 자동으로 몸은 일을 찾으려 했고 기본적으로 아침에 일찍 와서 사무실 환기를 시키는 게 내가 나에게 부여한 첫 일이었습니다.

그리고 처음으로 받은 일은 핸드폰 사진 촬영이었습니다. 그리고 노트북 세팅도 있었습니다. 세팅은 예전 경험에 따라 세팅

하였습니다. 다 하고 나니 일을 시킨 팀장은 뭔가 놀라는 눈치이기도 했습니다. 노트북 세팅에 대한 기대가 처음에는 없었나 봅니다.

사무실에서는 복사기를 많이 쓰셨습니다. 복사기 용지함이 비어 있으면 늘 채워 놓았습니다. 탕비실의 비품들을 꼼꼼히 정리하였고 한번씩은 더러운 곳도 닦았고, 항상 사람들과 같이 식사할 기회가 있어 여러 가지 이야기를 할 수 있었습니다. 그렇지만 업무에 대한 융통성을 갖추지 못해 어떻게 헤쳐 나갈지 갈팡질팡하곤 하였습니다.

그러고 보니 예전에 대학교 근무 때 하였던 주간 회의에 참석한 적이 있었고 실적에 대해 써 본 일도 있었습니다. ○○대학교와 ○○연구원에서 실적을 써 본 적이 있으니 공무적인 문체로 실적을 쓸 수 있었습니다. 보고를 할 수 있는 것은 기쁨이자 삶이었습니다.

그렇게 알아서 찾아낸 일에 기록은 쌓여갔고 8월 중순에서 말까지의 계획서 작성을 총 12건으로 마무리할 수 있었습니다.

02

직업개발원을 한창 다니고 있을 적에는 아버지의 연금으로 하루하루 살아가고 있었습니다. 그 연금은 얼마 되지 않기에 돈이 간

당하게 빠듯하게 생활비를 쓸 수 밖에 없었고, 항상 집에 어머니께서 돈이 없어 볼멘소리도 많이 하셨습니다. 여러 가지 고생이 많이 있었습니다.

월급날이 되니 깜짝 놀랄 일들이 일어났습니다. 백육십만 원을 수령 받았기에 이러한 월급 덕에 생활고도 해결할 수 있었습니다. 부모님께 그간 어렵게 돈을 많이 빌렸기에 갚아야 하는 때였습니다.

입이 돌며 말하기를 딱 눈 감고 어머니께 팔십만 원과 아버지 몫으로 십오만 원을 드리라 하여서 드렸습니다.

어머니가 백만 원 가까이 받으시니 그때부터 감정을 조금씩 추스르시며 평상시의 리듬으로 자연스레 회복하기 시작하셨습니다.

두 번째 월급으로 이백만 원 가까이 받았을 때는 백만 원을 챙겨드리니 부모님께 누적된 스트레스와 짜증이 많이 해소되며 사람을 대하는 고압적인 태도가 부드럽게 변하는 일이 일어났습니다. 며칠 정도 지나니 집에는 언제부터인가 비어있었던 과일 통에 과일이 가득 차 있었고 채소 바구니에는 파와 양파 등등이 가득했고 라면을 담았던 빈 선반에 라면이 채워졌고 비어있던 식용유 바구니에는 새 식용유가 채워졌습니다. 육류 보관 칸에도 고기 몇 덩이가 채워졌습니다.

내 마음속의 신을 움직이다 - 조율기록 편

"돈이 그렇게 좋았네."

스프링이 다 낡아갔던 제 20년 이상 된 침대도 이참에 온라인에서 십만 원에 파는 매트리스를 사며 잠자리를 개선할 수 있었습니다.

4장

인사하는 책임

인생근무에서 변동하는 상황

몸이 추워지는 계절의 가을 언저리 날에, 근무한 지 3개월이 지났습니다. 그 시점에 저는 독감 예방주사를 맞았습니다. 추석 이후에 연차를 내서 맞았는데, 맞고 난 다음 날 몸살감기와 근육통을 앓게 되었습니다. 하루 쉬면 나아지겠지 싶었는데 계속 몸이 좋지 않았습니다.

팀장님께 보고하고 병원에 가서 상담받으니 "예방주사를 맞았던 당시에 몸 컨디션이 좋지 않았나 보군." 하고 이야기하셔서 저는 그러려니 듣고 있었습니다.

그래서 수액 처방을 받고 약을 받아 나왔습니다. 그런데도 하루 만에 좋아지지 않는 것이었습니다. 왜 그럴까 싶어서 생각해 보니 기계로 재는 혈압이 160/100으로 높았기 때문입니다.

한 7년 전부터 혈압이 최저로 찍힌 것이 130/80이었고 최고가 오늘이었습니다. 기계가 정확하지 않아 수동으로 재곤 하였는데 조금 께름칙하였습니다. 혹시 병적인 영향이 혈압에 있는 게 아닌가 생각해보게 되어 다시 내원했던 병원을 찾았습니다.

병원에서 최신 기계로 찍으니 150/90 정도 나왔습니다. 혈압약을 처방받으니 약국에서 "내 살다 살다 혈압약 처방은 처음 준다." 하셔서 "저도 혈압약 처방은 처음입니다." 답했습니다.

그래서 혈압약을 먹으니 잠을 조금 많이 잘 수 있었습니다. 그런데 없던 불안정한 호흡 등등이 찾아오게 되었고 혈압약을 먹지 말까 고민하다가도, 혈압약에 피가 빠르게 돈다는 것이 좋은 징후는 아니라 하셔서 그러려니 넘기기로 했습니다.

혈압약에 적응하니 아침에 조금은 상쾌하게 일어날 수 있었던 것 같았습니다.

"혈압에 문제가 있었구나."

그냥 납득하고 약을 먹는 것, 하나 더 먹는 것에 대한 의미는 솔직히 없었습니다. 그저 혈압약을 주신 대로 복용했습니다.

그때 주치의가 이야기하길 "화를 너무 내지 말아라." 하셨는데 15년째 화 안 내는 수행 중인 저에게 무어라 하시는 것인지? 너무 참는 것도 좋지 않은가 봅니다.

혈압약을 먹은 지 이틀이 지났을 때 변환점이 있었습니다. 하루는 숨을 가쁘게 쉬는 일, 뭔가가 심적으로 내려가는 일도 있었습니다. 다음 날에는 혼자 업무를 보고 있었던 때가 있었는데 그때는 별일이 아니었지만 점심을 먹으려고 모든 직원이 우르르 몰려나가는 것을 보고 울적한 감상에 젖어버리기도 하였습니다.

혼자 사무실에 남아서 컵라면을 먹던 때였습니다.

"내가 건강하게 사는 것이 아닌 것 같다."

이 생각 하나로 활동하는 모든 것이 숨 막히고 어려움에 봉착하고 있다는 생각을 했습니다. 별일 아닌 일인데 왠지 기분 나쁘고 껄끄럽고 머리아픔을 싸매는 느낌으로 기분이 가라앉는 것을 경험했습니다.

"병원에 가야 할 것 같다."

판단을 내렸고 연차를 내고 회사 근처에 있는 종합 검진센터로 가서 피검사를 받아봐야겠다는 진단을 받았습니다. 혈압약을 받았을 때 혈압약 처방해준 의사가 추가 검사로 콜레스테롤이나 중성지방이나 간 기능 검사 같은 부분에 대한 검사결과지를 요구했기 때문입니다.

이전에는 검사지에는 수치가 나와 있지 않아서 혈압만 가지고 약을 처방했기 때문에 상세로 검사한 검사지가 필요했기 때문입니다.

어느 날에 건강검진센터로 피검사를 받으러 갔습니다. 그때 안내하는 사람이 나를 반겼습니다.

"안녕!"

이 안녕이란 반말이 어떤 시그널을 주는지는 사실 잘 모르겠습니다. 그냥 외적으로 어리게 봐서 그런 것인지 장애 정보를 봐서 그런 것인지 모를 일이지만 그게 신경 쓰이거나 그러지 않았습니다. 사회의 방향성이 그러하다면 납득해야 하는 것인가 싶을 정도로 종종 있는 일이었기에, 주변의 태도에 순응하고 있었습니다.

다행이도 "안녕!"의 인사 뒤에는 경어를 써주셨습니다.

피검사에 대한 안내를 받았는데 예전에 경험해 본 것을 참고해 보니 뭔가 끼워 넣는 검사를 하는 것 같은 느낌의 안내를 받았습니다. 말투도 추가 검진이 되는 부분을 빼면 검진비 오만 원 중 소액으로 치부되는 만 원밖에 빠지지 않는다고 이야기하니, 어쩌다 보니 설명에서는 만 원이 소액이 되었습니다. 그냥 피검사만 필요하다 했음에도 많은 검사를 요구하는 부분은 그다지 반갑지 않았기 때문입니다. 내 판단으로 필요한 검사만 받고 보니 사만 원을 청구받았는데 이 부분이 잘한 것인지는 모를 일입니다.

무의식이 입에서 돌며 말하였습니다.

내 마음속의 신을 움직이다 - 조율기록 편

"규정에 얽매여 있어서 그렇게 되는 것일지도 모르지만. 결과적으로 잘한 것도 못한 것도 아닌 검사비에 돈을 쓰는 과정에 불과하다."

그렇게 입에서 읽히니 그냥 검사하는 데 돈을 쓴 것뿐이라 그러려니 했습니다.

금요일 법원에서 관재 조사인 관련 재판이 있을 예정이지만 나는 이 부분에 대해서는 별 생각이 없었습니다.

병원에 가서 여러 이야기를 하고 결재하려고 보니 돈이 얼마 없었습니다.
돈 없음에 저는 그러려니 하였습니다. 판단하려 하지 않았습니다. 상황을 이해했다기보다는 여러 가지 상황이 끼워지고 빠지고 하는 형상으로밖에 보이지 않았습니다. 그냥 생각이 나사 빠진 듯한 느낌이 들었습니다.

길을 가다가 음악 하나를 들었는데 자우림의 '나사'에서 "나는 이름도 없는 나사."라는 대목을 귀 기울여 듣고 있었습니다. 그냥 내 모습이 세월을 보내고 나열되지 않는 나사 같았는데 지금은 내 머릿속의 소프트웨어와 머리인 하드웨어가 있는 형태의 동력기로 비추어지는 느낌을 받았습니다.

나는 길을 지나가고 있었습니다. 옆을 의식하지 않고 지나가다 보니 어깨가 누군가를 친 것 같았습니다. 나는 돌덩이처럼 끄

떡하지 않았고 그 사람은 옆으로 튕겨 나가버렸습니다. 서로 "죄송합니다."를 외치고 있었는데 이 경험으로 이상하게도 나이가 들었다는 것을 느꼈습니다. 제 몸집이 큰 것은 겉만 봐도 알 수 있는 부분이었습니다.

사실 나이에 대해 체감하는 순간이 있다면, 점심을 나보다 젊은이와 식사를 하게 될 때였습니다. 그 젊은 사람이 식사를 다 하고 내가 식사가 늦어지면 식사 정리하고 쉬라는 말을 따로 해주어야만 물러가는 경우가 있었습니다. 그렇게 해주어야지만 몇몇은 일어나는 것이었습니다.

그러한 현상이 나는 부담스럽기는 하지만 예의로 보이기도 합니다. 신인 세대도 아니고 그렇다고 중-장년 세대도 아닙니다. 신인 세대야 그저 일어나고, 중-장년 세대도 그저 헛기침하며 일어나기도 합니다. 나의 연배 전후의 세대들은 예의 있게 식사를 기다려줍니다.

"내가 나이가 들었군!!"

내 마음속의 신을 움직이다 - 조율기록 편

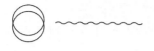

금전주시와
파산절차 준비

이 시점에서 직업학교 시절로 돌아가 봅시다. 이번 이야기는 파산절차 준비에 관한 과정에 대해 써보려고 합니다.

직업학교 생활에서 감사한 점은 서류 준비할 때마다 외출증을 끊어주어 편리하게 일을 볼 수 있었다는 것입니다. 이 일을 집에서 했었다면 어림도 없었을 것입니다.

2023년 2월 19일부로 ○○법무사 사무소에 파산절차의 서류 작성을 맡겠다는 계약을 체결하기로 했습니다. 파산절차가 만약 되지 않으면 자동으로 개인회생으로 넘어가는 것도 계약하기로 하였습니다.

사건번호가 나와야 하는데, 파산 관련 수임을 많이 맡아본 법무사 선생이라 말하였기에 관련해서 떼어야 하는 서류 리스트를 알려주었습니다. 서류는 지금 기억이 가물가물하지만 제일 중요한 것이 채권사의 부채증명서와 날인이 되어 있는 통장기록, 카드 내역서와 주민등록등본과 초본과 건강보험자격득실확인서와 셀 수 없는 각종 증빙서류 등등을 준비하라 하셨습니다.

그래서 그 명령을 받고 무엇을 준비해야 하는지 살펴보았습니다. 먼저 부채증명서를 뽑아야 하는데 부채증명서는 독촉장으로 대신 할 수 있다고 하니 나에게 온 독촉장이 3건 정도 되어 그걸 증명서로 썼습니다. 그리고 일일이 채권사에 전화하거나 홈페이지에 들어가서 부채증명서를 발급받았습니다. 한 번은 피시방에서 3시간 이용권을 끊어서 3시간 내내 채무증명서에 매진하는 업무를 하니 이틀 정도로 끝낼 수 있었습니다.

그리고 카드사용 발급서는 해당 카드 기관에 가서 발급받거나 홈페이지를 통해 발급받았습니다. 해당 홈페이지에 있는 부분을 조회하고 출력하고 하는 부분은 돈을 주고서라도 인쇄하여 준비하고 하였습니다.

사실 어디 가서 어떻게 하라는 이야기 없이 알아서 서류를 스스로 알아서 떼어야 하기 때문에 자기주도적으로 행동해야 했습니다. 항상 서류를 준비한 다음 날에는 항상 늦게 일어나 아침 점호를 못하곤 했는데 - 물론 저녁 점호도 하지 못했습니다 - 사감실에서 뭔가 교육에 관련된 이야기가 있었지만 그냥저냥 넘어갈 따름이었습니다.

내 마음속의 신을 움직이다 - 조율기록 편

법무사 선생에게 제출해야 하는 날이 왔을 때 항상 중간점검식으로 거의 하나씩은 누락된 것이 있었는데 서류의 민낯을 보일 때마다 보강해서 가져오라는 이야기를 하셨습니다.

짚어 주신 서류들을 들었을 때는 정말로 빠진 내역이 있었기에 애를 덜 먹을 수 있었습니다. 서류 준비에는 꼬박 일주일이 걸렸고 생각보다 빠르게 준비할 수 있었습니다. 그리하여 서류 제출했을 때 그걸 토대로 자료를 만든다 하셔서 나는 그것으로 다 끝났다고 생각을 하고 있었습니다. 한 번 제출했으니 끝난 것 아닌가 싶었습니다.

그렇지만 내 생각처럼 호락호락한 것이 아니었습니다.

두 번째로 보완 요구가 떨어졌습니다. 보완하기 위해 또 다른 부분을 채워야 했기에 기존에 증빙한 내용을 도표로 만들라는 내용이 있었습니다. 이 부분은 추가금을 지불하여 만들어야 했고 다시 준비해야 하는 서류들도 있었습니다. 이 준비기간도 일주일 정도 걸렸으며 한 번 중간 점검으로 다시 가져갔을 때 법무사 선생의 심기가 좋아 보이지 않았습니다. 뭔가 부족한 것을 다시 지시받고 다시 준비하라 하여 보완 서류를 열심히 준비하였습니다.

두 번째 준비하였을 때도 그냥 마음을 놓고 있었습니다. 드디어 끝났구나 싶기만 했는데 그게 아니었습니다. 그러한 일들이 있을 때마다 불안하고 불안했습니다.

선고가 났을 때 사전파산이 났고 서류에 예납금으로 사십만 원을 입금하라는 지시가 내려졌습니다. 공판이 확정되고 판결이 났다고 하니 채무 건수에 대해 준비할 게 많아 법무사 선생이 고단했다고 했습니다. 술 한잔하기를 약속하며 헤어졌습니다.

예납금으로 사십만 원을 떼서 서류를 붙였습니다. 그리고 제출! 파산이 접수되었다 하였고 면책이 진행되었습니다. 사전 파산이 나서 진짜 끝인 줄 알았는데 채무자 모임이 있었습니다. 채무자 모임에서 파산 관련 이야기를 듣고 판결받았습니다. 다시 법무사 선생에게 가서 말하니 서류 준비에 도움을 주었습니다.

그래서 서류를 또다시 준비하였는데 다시 예전 자료들을 다 뽑아와야만 했고 현행화되는 서류들을 준비해야 했습니다. 그렇게 준비하는데 항상 첫 번째 서류를 제출할 때는 서류가 미비함에 심기 불편한 마음을 이야기하셨습니다. 그래서 제대로 준비하고 두 번째 서류는 시간 맞춰 준비하여 법무사 선생은 관재인에게 가서 제출하고 관재인의 지도를 받으라 하셨습니다.

서류를 냈을 때 관재인에서 추가 요청서류가 있었고 면담하는 자리도 있었습니다. 면담에서 이것저것 물어보기에 내 편인 줄 알고 답변을 했는데, 이 사람은 내 편은 아니었던 모양입니다. 관재 조사인은 분위기를 보아 이 사건에 대해 기각하려는 의도를 품은 것처럼 나에게 여러 가지 물었고 확정되지 않은 일로 뭔가 꾸중하는 일도 있었습니다.

두 번째 자료 제출 날에 진술서 제출에 사회 활동하는 것을 진술서에 밝히고 면책이 되면 이 사건을 통해 극복하는 모습을 보이겠다 하였다는 내용을 제출했습니다. 진술서를 본 관재 조사인은 혀를 차며 부정적인 투로 서류 접수는 하겠다는 이야기를 했습니다. 흐지부지되는 뭔가가 조금 언짢았습니다.

입에서 이 일로 돌기를 "이 재판에서 관재 조사인의 이야기를 하여 부당하다는 이야기를 해야 할 것이다. 어떤 결과가 나오든 그렇게 해야 이길 수 있을 것이다."라 조언하여 마무리로 제출해야 하는 서류에 조사 거부서를 제출하고 전화도 받지 말라는 조언을 받게 되어 전화조차 받지 않았습니다. 연락은 오지 않았고 그대로 진행되는 듯했습니다.

2023년 8월 22일, 채권자 집회가 있었습니다. 채권자 집회 날 때마침 늦잠을 자는 일이 발생하였습니다. 씻지도 못해 머리가 엉망이었고 입술이 삐죽 나와 있었습니다. 뭐 이리 힘든 일이 많았는지 생각하다 시계를 보니 세상에나! 1시간 밖에 남아있지 않았습니다.

촉박한 시간에 헐레벌떡 버스를 타고 갔습니다. 택시를 타기에는 돈이 없었습니다. 서면으로 가서 환승 버스를 타고 우여곡절 끝에 도달했습니다. 재판이 진행 중이었는데 그나마 재판에 출석할 수는 있었지만 도착하고 난 뒤 첫 번째 순서가 바로 내 차례였습니다.

비몽사몽한 상태에서 법원 재판을 받고 있는데 판사가 "나태하여 돈을 못 갚은 것에 대해 증빙도 잘 되어 있지 않고 흥청망청 쓴 이력들에 대해 참작하기가 어렵다."며 재판부의 의견을 냈습니다.

지금 보면 판사는 관재 조사인이 조사서에 쓴 대로 읽었습니다. 그렇게 관재 조사인이 의도한 방향으로 가는가 싶었는데, 무엇도 긍정적인 검토가 없는 것만 같아 극적으로 추가 의견 내기를 "지금 저는 'ㅇㅇ진흥원'에 입사하여 잘 다니고 있습니다." 하였습니다. 법원이 재량으로 그 부분을 보고 "더 조사할 부분이 있다면 속행하겠습니다."라 하여 속행으로 넘어갈 수 있었습니다.

일단 밖에서 기다리라 해서 기다렸더니 험하게 조사를 했던 관재 조사인이 다가와 고가 물품 보관금으로 오백만 원을 이야기하였습니다. 그때의 방향성은 불투명하였지만 관재 조사인의 말을 무시할 수는 없었기에 관재 조사인의 제안에 동의하였습니다. 이 고가 물품 보관금은 채권자들에게 순서대로 돌아가며 채무를 기다리는 것에 대해 달래는 비용으로 쓰인다 하였습니다. 어떻게든 될 것이란 생각으로 동의하였습니다.

다음 재판은 10월 20일이며 그날 다시 법정에 가야 하는 것입니다. 법정에 가서 어떻게 될지는 잘 모르겠지만 그저 앞날을 기다릴 뿐입니다.

탄원서를 제출하게 되었고 탄원서는 워드를 사용하여 아버지

내 마음속의 신을 움직이다 - 조율기록 편

의 의견으로 작성되었습니다. 얼마 지나지 않아서 관재 조사인에게 연락이 왔습니다. "탄원서는 잘 봤는데 오백만 원은 아직이냐?" 하고 묻기에 "돈이 구해지지 않는데 어떻게 해야 하는지?" 답하였습니다. 지금 와서 생각해보면 왜 하필 오백만 원이었나 싶기도 합니다.

파산 면책 흐름

　　　　　　앞전 재판에서 아버지의 의견도 중요하다는 생각이 들어 아버지를 참고인으로 내세웠습니다. 아버지 출석을 법원은 받아들여 2023년 12월 15일의 출석을 허락하고 속행하였습니다.

　그리하여 아버지의 법원의 출석이 예정되었고 아버지는 어렵사리 내 의견에 동의하셨습니다.

　좋은 일은 아니었지만 사실 앞으로의 일에 대해서 아는 방도가 없었고 한 번 재판에 아버지께서도 하시고 싶으신 말씀이 있으리라 생각하였기 때문입니다. 같이 출석하는 것이기도 했지만 그래도 사후에 방비의 여유를 가지고 싶었습니다.

　사건 공판 당일 오후 12시, 상당히 비가 많이 오는 날이었고 파산법정이 열릴 때 제일 먼저 법원에 도착하였습니다. 재판 시작까지의 오후 4시까지 멍~한 상태로 '마음고름'을 하며 기다렸습

　　　　　　내 마음속의 신을 움직이다 - 조율기록 편

니다. 마음고름을 해야지 닥친 상황 앞에서 차분함을 유지할 수 있었습니다.

많은 사람들이 재판을 치루고 있었고 물밀듯이 들어가고 또 빠져나갔습니다. 그 사람들을 보다 보니 생각보다 기다리는 시간은 길어졌으며 오후 4시가 되니 아버지께서 오셨습니다.

아버지께서는 호주머니에 넣은 쪽지에 삐뚤빼뚤한 글자로 쓴 법정에서 숙지할 기록들을 10개의 문장으로 빼곡하게 적어오셨습니다. 집에서 이러한 이야기를 했을 때는 사실 기대하지 않았기에 조금 놀랐습니다. 그저 발언을 잘 들으시고 정해져 있는 종결을 같이 지켜보시기를 원했습니다. 오후 4시 재판이 조금 미뤄져서 오후 4시 40분 뒤에야 우리 순서가 찾아왔습니다. 비로소 재판장 안으로 들어갈 수 있었는데, 그 안에서는 채무자와 판사 간의 칼을 들지는 않았지만 비범한 싸움이 진행되고 있었습니다. 그 싸움에서 항상 판사는 사람이었고 채무자는 꿀 먹은 벙어리였습니다.

몇 사람의 파산 관련 내용을 보고 있으니 드디어 우리 차례가 되었습니다. 아버지의 출석을 통보드렸고 재판장은 아버지께서 방청석에 게시도록 지시했습니다. 그리고 고가보관금 출현 500만 원 납입 불가에 대해 물어보는 것을 시작으로 종결에 대한 내용이 나오기 시작했습니다.

이어서 아버지께서 하고 싶은 말에 대해 여쭈어보셨는데 그때까지만 해도 지금까지의 일들은 대략 예측했던 일들이었고 아버지 하고 싶은 말 정도는 해야 할 것 같아 발언의 기회를 드린 뒤 종결했었습니다.

아버지는 몸을 세우고 목이 약간 잠긴 칼칼한 목소리로 말씀하셨습니다.

"우리 신진행이가 고등학교 다닐 때, 제가요. 신용 불량자가 되었습니다. 그래서 파산해 독촉장이 많이 날아왔습니다. 그래서 그때 참 어려웠는데 고등학생이었던 신진행이 그걸 몇 번 보더니 정신병이 와 가지고 지금까지 치료받고 있습니다. 지금까지도 돈을 벌면서 제가 짐 지워준 것 같아 미안한데, 저희가 굉장히 어렵습니다. 돈도 나올 데가 없어 가장 역할을 했던 진행이의 그런 점을 참작해주시면 감사하겠습니다."

그때의 내용을 작은 종이에 더듬어 적으신 것을 볼 수 있었습니다. 저 내용을 읽으실 때 눈물을 보일 수밖에 없어 펑펑 울었습니다. 예상도 하지 못한 일이었습니다. 그저 한숨 쉬며 아무 말도 하지 못했습니다. 아버지에게는 신용불량자가 된 독촉장을 봤던 내가 마음 한 켠의 함구할 수밖에 없는 짐이라 생각했습니다.

판사는 그 이야기를 듣고 다시 말했습니다.
"저희가 그 점을 참작해 고가 보관금 오백만 원을 출현한다면 판사 재량으로 판결을 내겠다고 했습니다. 그런데 준비하기 어렵다고 하시니 사연은 알겠지만 이건 아드님의 낭비로 생긴 채무이기에 법원의 판단을 존중해주셔야 합니다. 이것으로 이상 이번 판결을 종결하겠습니다."

그러고는 종결내 버렸습니다. 내가 아버지를 모시고 밖으로 나오자 아버지가 여쭈어보셨습니다.

"내 잘 했나? 귀가 어두워서 뭐라 했는지 들리지는 않더라."
"너무 잘하셔서 제가 밥이라도 사 드리고 싶습니다."
"집에 쌀국수 많다. 그거 집에서 먹자."

그리고 아버지의 손을 잡고 종결난 판결을 뒤로 한 채 집으로 향했습니다.

그나마 파산진행을 통해 회복할 수 있는 시간을 얻어 마음을 다잡을 수 있었고, 법원에 대한 경험을 통해 이러한 이야기를 할 수 있었고, 경험을 가지고 방법을 찾는 길을 알게 되었습니다. 그리고 파산진행의 원초적인 원인 덕분에 붙어있던 가지들을 칠 수 있었다는 점은 그래도 감사한 일입니다.

인생에 경험할 수 없었던 마법 같은 일들이, 막막하기만 했던 숨통이 트이는 경험을 기록할 수 있었으니 얼마나 다행인 일입니까? 시간도 벌고, 사람도 알아보고, 가정에는 빚과 빛을 주며 살 수 있었습니다.

감사한 순간들에 오늘을 더해 이야기하게 되어 기쁩니다. 다

음 이야기가 남아 있지만 일단 판결은 종결이 났기 때문에 책의
방향성을 지키고자 파산 및 면책관련 법원의 판결 이야기는 여기
서 마무리하도록 하겠습니다.

내 마음속의 신을 움직이다 - 조율기록 편

01

일상 중에 내가 경제력이 부족하여 만만히 보거나 심지어 장애인이라 생각하여 무시당하거는 일들이 드문드문 있긴 합니다. 그런 일들을 당하면 기분이 나쁘고 화가 날 수밖에 없습니다. 그렇지만 그러한 일상 중에 만나는 무례한 사람들은 우리가 무언가 부정적인 향기를 품고 있어서 무례하게 군다기보다는 자신이 가지고 있는 신념이나 성향에 따라 돌발적으로 흠을 내는 경우가 있습니다.

이러할 때는 자신이 만만하게 보인다기보다는 세상에는 다양한 사람이 있으며, 이것이 특정 인물(나)에게만 벌어지는 일이 아닌 누구나 겪을 수 있는 일이라고 생각하는 편이 좋습니다.

사회에 있는 사람들이 모두 그렇지 않다는 생각을 가지고 임해야 하는 것이 맞지만 나와 관련되어 있다는 의심은 비일비재한 것입니다. 사람들의 돌발적인 무례는 단순히 겪으면 기분이 나쁜 것을 넘어 거기에 휩쓸리거나 나의 신상 때문이란 생각의 결론으로 향할 수 있습니다. 무례한 일들을 마주하다 보면 그러한 패턴으로 생각이 고착화되기도 합니다.

이는 발언하는 자도 마찬가지입니다. 하는 사람도 습관적으로 하는 것입니다. 나 자신 탓이라고 생각할 필요는 없지만, 이러한 사람들 역시 자신의 행위가 경범죄라는 것을 알아야 한다고 이야기하고 싶습니다.

02

환청은 몇 년 전에 조금씩 들리는 정도의 형태로 끝나게 되었습니다. 스트레스 받지 않을 정도로 환청이 줄어드니 뭔가 다 나았나 싶기도 하였습니다.

그렇지만 이곳까지 오면서 환청 증세에 대하여 알게 된 것이 몇몇 있어 소개해보고자 합니다.

승패의 유무

일을 하다 보면 내가 원하는 방향이나 대안대로 흘러가지 않는 경우가 있습니다. 부작용이 생기거나 부정적인 결과가 나와 패배한 것 같은 모양새가 되는데, 과거에는 그러한 경우 온몸으로 그 뒷감당을 하곤 하였습니다.

그렇지만 한 번씩 생각할 시간이 주어진다면 내면에서 환청과는 다른 느낌으로 소리가 들려옵니다. 내 의지로 소리를 듣고 조절할 수 있는 답들이 나오는 것입니다. 그러한 목소리는 내가 하려는 일에 대한 조언이 되어주고 내가 다시 판단할 수 있는 시간을 가질 수 있게 만들어 줍니다.

사실 이게 환청일지도 모른다는 생각은 들지만 내가 믿고 신뢰하는 이유는 다음과 같습니다.

마음이 안정된, 머릿속이 말끔히 비워진 상태로 말을 아끼며 묵언을 하는 것과 기다림에 익숙하고, 고요하고 조용한 기분이 듭니다. 그리고 과거 환청을 경험했던바, 거짓으로 얼룩진 상황과는 다른 근거에 따라 이 음성을 신뢰하고 있습니다. 쉬어버린 목소리 톤으로 나지막하게 들리는 것이고 이 내면의 목소리에 따른 판단은 거의 틀리지 않습니다.

다른 사람의 맑은소리

소리 들림을 이야기했지만 다른 사람의 생각을 들여다볼 수 있는 느낌이 있지만 그게 맞는지는 사실 모릅니다. 그냥 고요하고 별 탈 없고 내가 심적으로 조절할 수 있는 수준의 소리이기 때문에 그냥 받아들입니다.

무속인의 소리 들림과 비슷할지도 모르지만, 무속인은 수행을 많이 한 사람들이라 생각합니다. 반면 나는 그냥 형상만 아른아른한 것에 지나지 않아 그 정확도와 소리 들림의 레벨이 다르다고 경험상의 판단만 하고 있습니다.

그렇기에 나는 배타적인 입장으로 머릿속이 광기로 가득 차지 않게 유연하게 조절하고 끼를 숨기며 의견을 들어봅니다. 이 소리의 정체가 무엇인지 모르고 내 방향성이 맞는지 모르기 때문에 그렇게 신뢰하지 않습니다. 사람들의 기색이나 신호 정도만 읽어 참고하는 식으로 듣습니다.

나의 저음의 목소리

연습한 것은 아니지만 목소리를 깔고 이야기하면 어두움이 덕지덕지 붙은 낮은 목소리가 나옵니다. 이유는 모르겠습니다. 몸집이 커서 그럴 수 있겠고 그냥 살아오면서 누구나 한번쯤은 내는

내 마음속의 신을 움직이다 - 조율기록 편

목소리의 형태라 생각되기도 합니다.

이 목소리를 내면 사람들이 깜짝깜짝 놀랍니다. 사람들 모르게 하는 것이기 때문에 다들 놀란다는데, 버스 정류장에서 길을 막는 사람이 있을 때 "비키시오." 하고 낮게 말하면 한 번은 가만히 있다가 두 번째에 화들짝 놀라곤 합니다.

이 목소리는 단순히 낮은 목소리에서 그치지 않고 전달하고자 하는 언어의 뉘앙스도 표현해주었습니다.

홀로 하는 생각

신을 받을 것인가?
조현의 형태로 침대에 누워 살 것인가?
아니면 내가 길을 개척할 것인가?

01

입에 도는 말로는 제 첫걸음이라 합니다. 인간사 중에 이러한 영역에 들어 온 이는 얼마 없다는 생각을 심어주었습니다.

　이러한 글을 쓰는 것도 저는 저 자신과 여러분들과 타협했다고 생각하고 제 현실과도 타협했습니다. 차기의 깨달음까지 올 사람이 이 내용을 찾아서 보길 바랍니다. 많은 사람들이 이를 보고 태어나고 지게 될 것입니다.

　우리 이제 미래를 봅시다.

02

조현병이라, 편집증이라 불리는 이 증상은 내 입에서 도는 말의 단답에 의하면 '극복하면 깨달음을 맛 볼 수 있는 증상'이라 합니다.

이 증상에서 헛소리가 이야기가 되고 헛것이 이야기가 되는 것은 사실 기존에 가지고 있던 그 사람의 지식이 현대에 막혀있고 고정되어 있고 혜안이 발달하지 않으며 사고의 틀과 행동력에 가두어진 상태에서 병을 맞이하기 때문입니다. 따라서 고치기도 어렵고 무당이나 퇴마사 등등을 권유받게 된다고 합니다. 귀인이 될 수 있기도 한 이 증상에 이성적인 행동이나 상황 등을 생각을 쓰지 않는 경지로 살아간다면 자연히 깨달음이 온다 했습니다. 인간의 본능적인 부분이 개발되는 것이고 냉정해지기 위해 노력하면 자신이 원하는 방향으로 쓸 수 있다고 합니다.

유튜브 강의에서 신기가 부정적이고 부적합한 사회의 관습 중 하나라 했습니다만, 입에서 돌기로는 "그것은 사람의 쓰임을 어렵게 생각하고 신기를 배척하는 이야기다."라고 이야기합니다. 신기는 나름대로 쓸 수 있는 방법을 바로 알면 하나의 인간의 능력으로 자리매김할 수 있다고 입속에서 말이 돕니다.

저는 예전에 조현의 증상이 매우 심했을 때, 무당집을 찾아간 적이 있는데 거기서 신을 받고 무당을 하라는 이야기를 들었습니다. 그게 아마 2010년 즈음이었던 것 같습니다. 그런데 이성적으로 행동하려 애쓰고 사람 사이에 사리 분별을 하고 소통하고 대화하며 나를 개발하고 위치를 잡게 되니 저 스스로도 "신을 받을 필요가 없다."고 생각이 들었고 그때 그 무당집에 가서도 "신 받을 필요 없어."라는 말도 들었습니다. 자주 가는 철학관에서도 "신 받을 필요 없다."고 말했습니다. 신기가 있는 타로 마스터 조차도 "이 사주팔자가… 과학으로 극복이 되네." 하고 이야기하신 적이 있습니다.

조율기록의 선택지는 있다고 이야기하고 싶습니다. 어느 방향으로든 갈 수 있었던 깨달음과 자기 계발 덕분에 사람을 배척하지 않고 제 안으로 삭히는 법을 알 수 있었습니다. 그 삭힘은 때가 되어서 제가 무엇을 하고 있는지 알게 해주었고, 저는 화를 내지 않으며 사는 것을 전제로 노력했습니다.

현재에만 머물지 않고 새로운 개척과 발전을 이룩했기에 많은 것을 할 수 있었다고 생각합니다.

입에서 재차 돌기에 한번 더 이야기하고 싶습니다. "뭣 하러 신을 받으려 하나? 신을 받는 것보다 더 의미 있는 과정을 마주할 수 있기에 나는 이 과정을 위해 희생하겠다."는 이야기를 말입니다.

나와 나의 입이 정의하는 깨달음이란 나에게 무슨 의미인가 하니, 무당이 되지 않고도 내가 스스로 무당의 마음으로 개척하였다는 게 핵심일 것입니다. 그 덕분에 다른 일도 할 수 있었고, 다른 사람들과 어울려 살 수도 있었습니다.

조현병이 진화의 과정이라는 주장은 근거 없는 발언이라기보다는 조금 더 신뢰가 있는 일들을 경험해서 이야기한 것이라 말씀드리고 싶습니다. 열성이라고 설명하는 데이터나 시험값은 그 당시의 시험값입니다. 인간은 생각하고 행동하면서 많이 바뀌기 마련입니다. 그 발전의 노력은 조현병 환자가 했을 때 더더욱 시너지를 내는 일이라는 것을 못 박아 두고 싶습니다.

아무것도 모르면 데이터의 형태만 믿고 갈 수 있겠지만, 노력하면 바뀝니다. 그것은 진리요. 진화인 것입니다.

5장

조현의 사례

드러내는 이야기

선몽

이 책을 내기 전에 여러 가지 꿈을 꾸었습니다. 기다란 밥솥에서 밥을 하는 꿈을 꾸기도 했었고 축의금을 가져다주기 위해 교회를 찾아서 월계관을 여럿 쓴 보이지 않는 이들을 보며 지나기도 했었고 고승들의 마을 같은 곳에서 시험을 치고 있는데 앞에 있는 시험 감독관 같은 사람에게 스텟을 보여주었는데 표시되는 등급을 G등급을 보기도 했습니다.

그리고 오늘은 고문서 보관함 및 도서관 같은 곳을 꿈에서 갔다 오기도 하였습니다.

꿈들을 꾸니 종교적인 느낌을 좀 받아서 나중에는 이 꿈들이 게임의 RPG처럼 고문서 도서관에 몇 권 진열되어 있지 않을까 싶었습니다. 물론 이 책은 고대의 문서가 아니지만 영적이며 병적인 사람이 쓴 것이라 현실과는 조금 이질적인 부분이 있기도 합니다.

그래도 이렇게 쓰는 이유는 뒤에서 오는 이들을 도와주기 위해서라는 사명감 때문이라 이야기하고 싶습니다.

앞으로 읽게 되실 이야기들은 당사자에게는 평범하지만 주위 사람들은 생소하고 잘 접할 수 없는 글이라는 지점에서 의의가 있다고 생각합니다. 흔히 있는 이야기가 아닌 내가 거쳐 왔던 일에 대한 내용이며 증상을 극복하는 데 있었던 에피소드입니다. 있었던 일을 글로 적어 다른 분들께 읽힐 수 있도록 만들었다는 데 의미가 있습니다.

앞으로 볼 수 있을지 없을지 모르는 숨겨진 이야기, 우리가 꿈처럼 취급하고 있는 내용일지 모르는 이야기들을 한 번 소개해봅니다.

 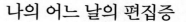

나의 어느 날의 편집증

이 이야기에는 편집증의 성향이 드러납니다. 우연히 벌어진 일들을 내가 어떻게 생각하고 반응했는지, 지금 와서 돌아보면 이러한 것들이 바로 편집증의 증세들이었습니다. 제가 경험한 일이 예사로운 일이 아니라 생각하는 것이 제가 예측하는 망상의 종류일 것입니다. 이 이야기들을 통해 예전의 겪은 일과 지금의 과정을 비교 및 해석하여 편집증으로 의심되는 사례들을 써 보겠습니다.

〈1〉 편집증을 앓는 나의 일일 일지

2009년도 내가 다녔던 신라대학교에 '환생 고승' 티베트 승려 신라대 입학으로 기사가 난 적이 있었습니다. 린포체라는 환생 승려의 방문은 그때 당시 내가 재학 중이었기에 이것이 무슨 특별한 의미를 가지고 있는지에 대해 생각해본 적이 있었습니다. 그렇지만 별일 없이 넘어갔습니다.

〈1〉 현재의 해설

무의식이 뱉은 말을 정리해보면 티베트 승려는 우연히 거길 간 것이 아니라는 이야기를 하였고 긍정적인 부분에 끌림으로 학교를 찾아왔다는 이야기를 했습니다. 나를 티베트 승려가 만나러 온 것이란 상상을 했지만 사실 대학교 내의 좋은 일이나 대학교 측에서 좋은 모습을 보여주는 계기로 인해 선택된 것이지, 나와의 상관관계는 사실 없다고 해야 할 것입니다.

〈2〉 편집증을 앓는 나의 일일 일지

첫 책에 쓰인 서울역 이야기에서 환청으로 서울역 지하철을 돌아다녔을 때 들린 "너는 부처의 제자다."라는 환청을 정말 믿어버린 적이 있습니다. 별의별 짓들을 다 하였고, 그로 인해 손의 화상을 입고 뭔가 가르침 같은 걸 행하고 실행하고, 정신적인 명령을 받았습니다.

〈2〉 현재의 해설

부처의 제자 이야기는 내재되어 있던 생각이 단어로 나온 것이었습니다. 평소에도 산이나 절에 가서 기도를 하기 때문에 그런 말이 환청으로 들렸던 것입니다. 장소도 서울역이었고, 그곳의 기운이나 타이밍 탓에 그런 시점과 흐름으로 갈 수밖에 없었습니다. 생각하는 바가 노출되고 응용되면 우리는 그것에 의미를 부여합니다. 실제로 신진행은 부처의 제자가 아닐 수도 있습니다.

〈3〉 편집증을 앓는 나의 일일 일지

우연히 어느 정치창당 위원회의 만남의 장을 어느 아파트에 가졌을 때, 계룡산 도인이라 밝혔던 사람이 파와 이름을 대니 잘 못 들었다는 시늉을 하며 다음에 말을 잇기를 "먼 산 중에 ○○대사가 있는데 나이는 700살이 넘는 사람이지만 모습과 상이 26세 젊은이 같은 분이 계시다."는 이야기를 했습니다. 그때 제가 26세였기에 뭔가 관련이 있나 싶기도 하였습니다.

〈3〉 현재의 해설

그 도인이 겉으로 보이는 내 모습을 꿰뚫었는지는 모르겠지만, 위의 말이 신빙성이 있는 건 아닙니다. 환상에 대해 생각하게 할 수 있겠지만 어쩌면 그 말 뜻이 정치당 에게 정치적인 신뢰를 주기위한 발언일지도 모를 일입니다. 확실하지 않은 것을 믿는 것은 큰 의미 부여를 하고자 한 탓입니다. 내가 정말 700살인 ○○대사일 것이라는 생각은 추측에 불과한 것입니다…. 아직 밝혀진 건 없습니다. 그러나 나는 그 말을 잊어버리지는 않았습니다.

〈4〉 편집증을 앓는 나의 일일 일지

환청과 불안에 떨었던 서울의 지하철에서 어머니께 받은 손수건을 땅에 떨어뜨리는 바람에 더러워진 적이 있었습니다. 그걸 보고 어머니께 변고가 생겼다고 상상하여 구석에서 펑펑 울었습니다.

〈4〉 현재의 해설

전장에 나간 남편을 기다리는 부인이 갑자기 징표로 준 반지가 깨진다든지, 아니면 남편의 유품이 부러지거나 함으로써 변고가 일어난 것을 알리는 글을 본 적이 있었습니다. 그걸 통해 어머니의 손수건에 더러운 것이 묻어서 상상만으로 걱정하며 운 적이 있습니다. 실제로 어머니께는 변고가 없었습니다.

〈5〉 편집증을 앓는 나의 일일 일지

학교 수업을 듣고 있는데 갑자기 폭설이 내리었습니다. 폭설이 내린 뒤에 깨끗하고 빛나는 햇빛이 강의실 뒤를 비추었는데 정말로 아름다운 모습이었습니다. 그 모습을 본 사람들은 갑자기 밝아짐에 놀라서 뒤를 보곤 했는데 나는 그 모습이 너무 아름다워 말을 하지 않은 채 뚫어져라 본 적이 있습니다. 그 현상을 자연이 나를 위해 보여주신 것이라 착각한 적이 여러 번 있습니다.

〈5〉 현재의 해설

사색의 아름다움을 좋아합니다. 아름답고 청아한 꽃들도 좋아하고 학이나 새 등의 모습을 좋아합니다. 고양이를 보는 것도 좋아하고 강아지도 좋아합니다. 동식물이나 자연의 움직임이 가진 신비로움에 빠져드는 편입니다. 그렇게 빠져서 넋 놓고 바라보는 일도 흔합니다. 그러나 그런 자연현상은 실제로 나를 위한 것이 아닌 우연과 자연의 섭리에 의해서 이루어진 것이라는 이야기를 하고 싶습니다. 그렇게 따지면 거기에 있는 사람들도 다 그 현상을 목격했는데 어떻게 나에게만 해당되는 자연의 축복이겠습니까?

〈6〉 편집증을 앓는 나의 일일 일지

추석 전이라 그런지 차가 많이 막히고 있었습니다. 오늘 버스 정류장에 서 있었는데 경찰 버스가 지나갔습니다. 그냥 멀뚱히 보고 있었는데 운전사가 나를 보더니 경례를 하는 것이 아니겠습니까? 편집증의 환상이 무슨 말로 나를 자극할지 몰라서 그냥 바라만 보았습니다. 또 다른 일로는 서울에서 방황했을 때 누군가 나를 보더니 성호를 긋고 기도하였습니다. 이를 보면서 나는 성인에게 하는 행위인가? 아니면 경례를 하는 행위는 나에게 하는 행위인가? 하고 생각하게 하였습니다.

〈6〉 현재의 해설

우연이 필연이 된다는 이야기가 있습니다. 우연적으로 일어난 이야기에 불과한 365일 사이 5분 남짓한 일들입니다. 스스로 의미 부여는 마음껏 할 수 있겠지만 그 사람이 그렇게 했다는 말이 없었고 단지 행동으로 파악한 내가 해석한 내용일 뿐입니다. 그렇기 때문에 그게 정말 저에게 했는지 모를 일이고 그렇게 하게 된 사연도 각양각색이라 생각해야 할 것입니다. 그렇지 않으면 편집증의 함정에 빠질 것이라 이야기하고 싶습니다.

　　　　　　　　　　　　　　내 마음속의 신을 움직이다 - 조율기록 편

 눈 당김 현상: 지독한 부작용

나는 제일 곤란했던 현상이 '눈 당김' 현상이
아닌가 싶습니다. 약물을 먹으면서 처음으로 겪어보는 '눈 당김'
현상이었는데, 저 이외의 그러한 현상을 마주한 것이, 폐쇄병동
이나 아니면 일상에서는 서울의 지하철을 타고 어딘가로 가고 있
었고 한 아주머니가 손을 이끌고 젊은 아이를 이끌고 지나고 있
었는데 동공이 뒤로 쏠려서 흰 안구가 보였습니다. 처음 보고 이
야기하는 사람이면 아무렇게나 거만하게 이야기하겠지만, 제 입
장에서는 정신과적 약물의 부작용을 겪는 사람으로 봅니다.

제 안구가 돌아가는 현상을 일으켰을 때, 정말 당황했습니다.
어찌해야 할지 몰랐고 거기에 대한 정보도 없었습니다. 첫 번째
부작용은 약의 농도와 주 치료제 교체를 하였을 때 약을 먹고 바
로 일어났습니다. 어찌할 도리가 없고 당황해서 신경정신과 병
원에 달려가서 자진 입원했죠.

첫 번째로 본능적으로 든 생각이 "눈을 안정화하면 될 것 같다."였기에 음료를 마시고 남은 얼음으로 눈을 비볐습니다. 그렇지만 어림도 없었습니다.

두 번째 방법으로는 아이스 팩으로 눈을 가라앉히는 방법이었지만 지속성에 대해 시행착오가 있었고 효과적인 방법이 아니었습니다.

세 번째는 막 출시되어 개발된 눈 안마기를 사용했습니다. 눈 주위에 눈을 찌르는 봉이 있었고 그걸 진동시켜 안마하는 것이었죠. 별것 아니었지만 그래도 없는 것 보단 나았습니다.

세월이 조금 지나서 몇 세대 발전된 눈 안마기에 도전하였는데, 공기압이 오르락내리락하면서 눈을 안마하는 기능을 가진 안마기였습니다.

처음 눈 안마기를 하니 개운했지만 부족한 듯하여 연달아 3회 이상하니 조금 효과를 보았습니다. 점점 정보들이 모이고 소소하게 시행착오도 있었지만 그래도 발전된 안마기는 좋은 성과를 거두었고, 눈이 당길 때 3회 이상 연속 사용하니 눈이 가라앉았습니다. 웬만하면 누워서 마음을 고르면서 행하십시오.

이와 같은 '눈 당김'은 의료기기의 발전과 4세대 이상의 눈 안마기를 사용하면서 조금씩 부작용을 감소시킬 수 있었습니다. 물론 약물을 의사와 상의하여 교체하며 차도를 보인 것에 대한 발전도 한몫했습니다.

사실 주위에서 애정 어린 행동으로 봐주시고 대처하였기에 위와 같은 방법이 있을 수 있었겠지만, 아마 아직 밝혀지지 않은 방법들이 있을 수 있습니다.

핵심적인 것은 눈 당김은 발전된 눈 안마기를 사용하면서 어느 정도의 눈 당김의 부작용 감소도 가능했다는 점입니다. 작은 씨앗에서 시작하여 크게 발전했습니다. 눈에 보이고 고통스러운 부작용들도 약물 조절 등과 같이 여러 가지로 방비할 수 있게 되었다고 생각합니다.

그렇지만 눈 당김 현상은 약물 조절을 잘해주면 되는 것이기에 의사와 약물에 대해서는 조율하시는 게 좋습니다.

조현의 상상

　　여기서는 우리가 상황을 이해하고 생각하는 부분에 대해서 디테일하게 이야기해 보고자 합니다. 하나의 사례가 있습니다. 분석적인 내용이 될 것입니다.

01

2023년 1월 오후 7시쯤이었습니다. 비가 조금씩 내리던 날 주말 동대구에서 촬영을 마친 뒤 저녁이었습니다. 동대구에서 부전으로 무궁화호를 타고 오면서 서면역의 카메라를 반납하고 나는 내려왔습니다. 지하철을 기다리는 승강장에서 장대 우산을 짚으며 서 있었습니다. 피곤하고 촬영을 오래 했더니 잠이 오고 환청이 살짝 들리는 느낌이었습니다. 휴식이 필요했고 지하철 스크린 도어를 오랫동안 응시하고 있었습니다.

　옆에는 남매처럼 보이는 젊은 사람들이 있었고, 노신사 말고는 캐쥬얼을 입고 서 있는 젊은 층의 사람들이 대부분이었습니다. 장대 우산을 잘 잡고 있었는데 서너 명의 중년 일행이 나의 장대 우산을 치고 지나갔습니다. 우산은 그냥 쓰러졌고 나는 미동이 없었습니다. 표정 없이 서 있고 줍지 않으니 사람들이 반응하였고 급기야 옆에 젊은 남자와 중년 여성이 내 우산을 주워서 손에 쥐어 주었습니다.

별일 아니었습니다. 그냥 서 있었는데 우산 떨어진 것을 주워 주었습니다. 갑자기 내 시야가 보이지 않은 것처럼 몸이 즉각적으로 반응하고 행동하게 되었는데 그 당시에는 아무 행동이나 표정을 지을 수 없었습니다. 맹인이 된 것처럼 사람들이 주워준 우산을 받았습니다. 지하철이 도착하였고 많은 인원들이 지하철에서 내리고 탔습니다.

02

지하철을 타면서 희한한 점이 있었습니다. 높은 주파수로 느껴지는 겹쳐 들리는 목소리의 환청이 "도와줄게."라며 뮤지컬처럼 들려왔습니다. 이게 환청인 것을 알고 있었지만, 예전에 들렸던 욕설의 환청이 아닌, 도와준다는 환청이었습니다. 뭔가 기분은 나쁘진 않았습니다. 그날이 토요일이었고, 도와준다는 환청 속에는 "로또 1등은 네가 당첨이야!" 같은 말이 섞여 있었습니다. 그때 마침 산 로또가 있어 당첨될 것이라는 환청이 몰려왔습니다. 가면서 계속 들리던 "도와줄게."라는 환청이 집 가서까지 계속되었습니다. 신경에서 에너지가 소모되는 느낌을 팍팍 받았습니다.

집에 도착했고, 좋은 일이 있을 것이라는 말들이 계속 되었습니다. 집에 도착해서 눈을 좀 붙이고 좋은 일들이 있을 것으로 기대했습니다. 그러나 로또는 몇 개 맞지도 않았고, 그날도 평범한 하루에 불과했습니다.

해설

조현의 환상은 대부분 우리가 상상하는 것에 기반하고 있습니다. 우리가 상상하기 때문에 쉽게 받아들이고 쉽게 믿게 된다 생각이 듭니다. 그런 부분이 이야기 같은 부분들은 떨쳐내기 어렵게 만듭니다. 내 안에서 나오는 상상은 떨쳐내기 힘든 것입니다.

상상에 빈틈이 있거나 내가 지칠 때 파고들면 그걸 희망이거나 절망으로 생각하고 맙니다. 상상하는 부분이 육하원칙에 맞아떨어지고 자신의 상상에 플러스가 된다 치더라도 자신에게 미치는 영향력을 최소화하고 그러려니 넘기는 게 자신에게나 주위 사람들에게나 좋습니다.

만약 환상이나 환청의 이야기에 기대를 하게 된다면 크게 실망하고 실수할 수 있습니다. 이런 일은 탓할 대상이 없습니다. 상상 속 초현실주의적인 현상의 기대가 한탕주의와 공허의 대상이 될 수 있으며, 구시대적인 발상만 되풀이하며 자기 파괴로 이어질 것입니다. 감당할 수 있고 마음의 동요가 없다면 교훈을 받아 진보할 수 있겠지만, 그게 어렵다면 웬만한 상상과 추론한 내용은 많이 믿지 않아야 합니다. 믿어버리면 계속 믿게 되고 상실감을 맛보더라도 계속 믿게 되는 비중은 늘어날 것입니다.

그리고 환청이나 망상에서 엄청나게 좋은 일들이 자신에게 일어날 것이라는 이야기나 추측이 합쳐지게 되면, 생각도 괜찮게 하면서 크게 기대를 할 수 있게 됩니다. 솔직히 쓸데없는 것입니다. 왜냐면 현실에서는 (내 주위가 만약 평범한 상황이라면) 일어날 수 있는 일만 일어나기 때문입니다. 그리고 내 위치에서나 행동으로서의 한계가 분명히 있기 때문입니다. 하나의 예시로 망상이나 생각이 "곧 부자가 됩니다."라는 망상을 들었던 사람의 경우에는 이성과 안면만 스치고 아무것도 하지 않았는데 "나와 오늘 스친 그 사람이 나를 좋아하게 되어 먼 훗날 고백해 올 것입니다." 하고 속삭인다 한들 상상이 현실로 이루어지는 것은 절대 불가능합니다.

결론을 망상임을 알고 적당히 듣고 피해를 보지 않거나 적당히 받아들여서 그 감정과 이성을 흘려보낼 수 있는 것이 위의 사례에는 가장 안정적이라는 조언을 해주고 싶습니다.

사회 속의 조현 이야기

조현의 행동 중에 생각나는 행동과 망상이 최근에 있었습니다. 돈이 없고 어려운 일이 발생하였을 때 입에서 하는 말이 있었습니다. "네 원고는 가치 있습니다.", "지금 국정원이 나서서 일을 진행할 것입니다. 거기서 예산집행을 ○○억 했는데 지원해줄 것이 틀림없습니다."라는 느낌이 있었습니다. 자잘한 증상에 대해서는 분명한 태도를 취해야 합니다.

나는 망상에 대고 "그게 지금이랑 상관있어? 나중에 어떻게 될지 모르는데 신경 끄련다. 굳이 중요한 일 아니면 그러한 생각은 가지지 않을래."라고 했습니다.

이런 식으로 망상과 뜬금없는 생각을 넘겨버립니다.

위의 내용은 국정원이라는 곳이 무슨 기관인지 티비나 매체에서 본 내용이 불현듯 나온 것 같고 예산집행 관련은 행정 관련 일을 하다 보니 예산집행 과정에 대해 알기 때문에 그러한 이야기를 한 것 같아 보입니다만 다 헛된 망상입니다.

아예 마음 자체를 인식하고 있으며 사고의 가지처럼 험하게 뻗어가는 것이 아니고 적당한 수준에서 마음의 가지치기를 해야 합니다. 자잘한 증상들은 쾌적한 상황을 만드는 데 걸림돌이 됩니다. 이제까지 추구했던 단어들에 대해 마음을 흘려보내듯이 비우고 살아야 합니다.

정말로 마음을 비우고 살아야 합니다.

우리가 생각하는 어렸을 적 생각의 구조를 상상해보면 보이게 됩니다. 저 같은 경우는 어렸을 때 옳은 소리를 하는 것을 배우고 의사소통을 하기 위해 사람들의 말을 들어보고 충돌이 있을 때 어떻게 대처하는 방법에 대해 알게 되면서 이런 상황에서 이런 말을 쓰는 것이 적당하다는 패턴으로 남의 말이나 책에 나오는 말을 그 상황에 맞게 따라 하며 지냈습니다.

그러다가 외부적인 사건이나 충격 등등은 집단 따돌림 같은 경험으로 자존감이 바닥을 치고, 두통이나 그런 부분이 복잡하게 얽혀있는 상황으로 인해 생각이 많아지고 복잡하게 되었습니다. 그러면서 쉽게 상황에 따라 위태로운 계산을 하게 되고 상황의 상황이 위험해지고 주위 환경은 저 자신에게 불리하게 돌아오는 일들을 겪었습니다.

이런 마인드나 생각을 가지고 있으면 내면이나 어딘가의 환청에 예민해질 수밖에 없습니다. 아직 10~20대였던 내 자신에게 아직 경험하지 못한 환청들이 밀려들어 오는 것을 그 시절의 내가 당해내질 못하고 소화하지 못하는데 어떻게 대처를 할 수 있겠냐는 말입니다.

그렇기 때문에 10~20대의 제가 겪었던 것 중 환청이나 조현의 증상들을 가진 사람들 대부분이 쉽게 "이것은 신과 관련되어 있고 내게 내려진 계시인 것입니다." 하고 본능적으로 생각하고 인식하고 판단해 버립니다. 신과 관련되어 있다는 환청의 근거로는 우리가 주변에서 흔히 접할 수 있는 '유물', '예언서', '민간신앙', '전래동화', '신화', '야사', '태어나면서 접하는 종교', '미신' 등이 위의 현상과 맞닿아있는 것으로 보입니다.

기록하는 입장에서 보면 위의 이야기들은 과거를 타고 현재로 전해졌습니다. 올바른 것인지는 모르지만 조금 왜곡되어 전해졌을 가능성이 있습니다. 위의 사례들은 신을 제일 많이 언급하는 이야기들이고 거부감 없이 어렸을 적부터 이야기 듣고 알게 된 신의 지식, 거기서 시간이 흘러 만들어져 응용되고 자신이 배출한 지식들을 믿으며 살아가게 되니 자연히 많은 환청이 신과 연관되어 있습니다. 이를 믿어버리는 순간 반사회적인 행동이 나올 수밖에 없습니다. 신과 신화에 대한 이야기는 너무 흔하고 접하기도 쉽기 때문에 성인이 되어서도 신에 대한 생각을 더하고 더하게 됩니다.

내 마음속의 신을 움직이다 - 조율기록 편

이외에도 조현병 환자나 사회의 정상적인 기능을 말하는 사람들도 항상 이성적인 행동을 단련하며 갖추고 있어야 합니다. 특히 정신적 질환을 가진 사람에게는 사회가 비난적인 태도를 보이는 이유 중 조현병 환자가 갖추기를 바라는 것이 있다면, '이성적인 행동, 신뢰할 수 있는 태도'라 생각합니다.

그러나 상대가 조현병 환자임을 알게 되는 일이 있다면 대체적으로는 편견이란 부분은 쉽게 지울 수 없으며 환자 본인의 살짝 행동이 조금 굼뜬 느낌과 현이 고르지 못한 부분을 보고 사회인의 기준으로 인스턴트처럼 판단할 수밖에 없는 고질적인 문제라 생각합니다.

조현병, 그 당사자로서의 생각

실제로 조현병의 사례들은 의사나 단적인 상황의 예시나 쌓여왔던 데이터의 통계로 이루어지는 부분이 대부분이지만 아직은 그 진전이 느리다는 생각을 하게 됩니다. 조금 더 정착하고 의미 있게 써야 합니다. 그 방법으로는 조현병 환자가 의사 수준의 이상의 관찰력이나 자신의 상황에 대해 서술할 수 있는 형태로 가야 합니다. 그러나 그러한 경우가 부족한 것이 태반이었습니다.

사실 저자는 조현병 책들을 보면 외국의 저서를 가지고 번역자와 아니면 이 분야를 연구하신 의사분들이 쓰신 게 많고 노력도 많으리라 생각했습니다. 그리고 조현병을 겪은 당사자가 자신의 증상과 질환에 대해 쓰기에는 집중력은 물론, 자신의 관찰력을 많이 요구한다고 생각합니다. 이런 복잡한 문제는 조현병을 가진 사람의 표현의 한계나 집중하는 능력, 글에 대해 쓸 수 있는 부분들에 대해 풀어나갈 수 있느냐에 따라 해결할 수 있다고 생각합니다.

6장

내 마음속 신을 조율하는 법 (2)

타협의 일화

내 마음속 신을 조율하는 법 (2)

아무 말이나 뱉어내는 저의 그림자는 죽을 것 같은 고통 속에서 태어난 거울 같은 것입니다. 대학병원 폐쇄병동에 입원했을 때, 극심한 스트레스와 고통이 소화되지 않아 구체적으로 드러난 결과가 아닌가 생각하지만 그건 저의 사고에 머물러 있는 기억의 조각에 불과합니다.

사실 저의 본 모습은 정말로 좋지도 나쁘지도 않은 짜증 나는 사람이었습니다. 학창 시절에는 가까이하기엔 신경질적이고 히스테리가 있는 사람이었기에, 아마 저의 초기 형태로 운명이 이어졌다면 성장기 때 왕따를 당해 망가졌다가 조금 기운을 차려 공부하다 사회생활을 하고 어느 정도의 시기에 사건을 당해 인생이 나락으로 가는 사람으로 분류될 정도였지요.

저의 의식에는 학창 시절 왕따를 당하면서 그걸 방어하기 위한 부분이 무의식적으로 남아 있었습니다. 그래서 항상 학창 시절에 늘 불안하였고, 일 하나하나 시키는 모든 것이 불안했습니다. 지금도 그 영향이 남아 있긴 합니다. 또 사람을 믿는 방법이나 성향이 당사자도 느낄 만큼, 위태로우면서도 편하지 않았습니다.

제가 모든 노력과 고통을 당해도 삶에 대한 변환점이 크게 나오는 경우가 없었고 그때까지만 해도 아무도 저의 일상을 구제할 방법이 없었습니다. 솔직히 대부분의 정신 장애인으로 등록된 분들의 통계를 본다면 정신질환으로 고통받는 사람은 적어도 약 10만 명, 그들은 정신질환자의 사회와 현실 진행의 고통이었고, 더욱 심한 부작용을 앓는 고통은 그 절반의 절반인 약 3~4만 명, 그들은 환자로서 당하는 일이며 수 없는 일상이 고통이었습니다.

사실 저보다보다 더 심각하게 고통을 맞이하는 환자들도 있었습니다. 그리고 정신적 투병은 정신질환자든 일반인이든 누구나 하는 것이었습니다. 그렇지만 이러한 정신적인 부분에서의 사회가 바라보는 시각에서 점차 나쁜 인식으로 변하기 때문에 사람들의 거짓말이나 무례함으로 모든 정신질환자를 싸잡아 놀리거나 비하하는 사회적인 부분들이 좋지 않은 눈살로 나타나고, 왠지 인습처럼 계속 계승되는 부분이 있다고 생각하였고, 이 생각이 이어지고 심해지는 건 어쩔 수 없는 것이었습니다.

그렇게 희망이 없는듯한 저에게도 뜻밖에 우연한 기회가 찾아와 전환점을 맞습니다. 2009년도쯤에 제가 투병으로 몸조리를 할 때 우연히 꿈에서 시그널처럼 카메라와 관련된 꿈을 통해서

내 마음속의 신을 움직이다 - 조율기록 편

카메라를 잡은 점입니다.

처음 카메라로 무언가 사진을 찍는 작업을 길게 유지했을 때, 촬영 때마다 홀연듯 나온 약 부작용이 있었고, 그 부작용에 몸서리치는 일도 있었지만, 저는 음성적인 부분을 숨기고 양성적인 모습을 드러내지 않았습니다. 티를 내지 않으려 애쓰는 상황을 보면서 이 세계의 신이 있었다면 이런 생각을 했을 것입니다.

"기회를 주자."

그렇게 기회를 조금씩 찾아보고 기회가 열리길 바라면서 여러 인연을 가지게 되었고, 지적받고 치이는 과정이 있어도 결국 제가 촬영 출사를 1,000회까지 촬영하는 순간까지 왔습니다.

1,000회 촬영을 17년 동안 하였는데 사진만 35만 장이며 만난 사람만 몇백 명이 되는 횟수인 것입니다. 카메라와 렌즈 평균 무게 3kg, 평균 소요 시간이 3시간 소모하니 거기에 들어간 경험들과 힘을 쓰는 일이 수도 없이 많았을 것입니다.

카메라를 잡는 것으로 직업과 대인관계에 대한 기회와 노력의 폭을 다양하게 얻을 수 있었고, 몸에 혹처럼 붙는 부작용이나 불편한 일들도 일어나긴 했지만 여러 방면, 특히 작가 활동과 직업에서 좋은 성과를 보였기에, 그 작업을 통해 대인관계도 소심함이 있었던 사람이 점점 대인으로 거듭나게 되었습니다.

사실 정신적 고통과 병적 증상들은 누구나 혼자서 겪는 부분들입니다. 그렇지만 함께하는 취미인 사진작가 생활은 카메라 기능에 대한 이해나 상황에 따른 즉흥적인 예술표현을 내야 하는 길도 있고 어느 정도 성과를 내야 하는 것이지만, 결론적으로는 사람과 함께 한다는 의미가 있습니다. 혼자서 하는 시간보다 사람과 어울리며 협업하며 전망 있게 가치를 더 높게 사는 일이라 생각하고 말하고 싶습니다.

혼자서 하는 일은 새로운 방향성을 표현하는 응용 면에서는 발전 가능성이 더디게 나타나는 부분일 수도 있습니다. 그럼에도 불구하고 많은 현대의 유혹 속에서 여러 사람과 어울려 살아야 한다는 사실을 알게 되었습니다. 사람과 함께함으로써 바로 현대사회의 지침이 되는 참된 진리를 이야기할 수 있고 사람의 이야기를 깨달을 수 있게 되었으며 자기가 공감하는 행동으로 스스로 깨달을 수 있는 삶의 결과물을 만들었고 새로운 글귀를 쓸 수 있게 되었습니다.

결국 이와 같은 고통의 교훈은 진정한 깨달음의 길은 사람과 함께 어울리며 할 수 있는 자기만의 길을 스스로 개척하고 의로움을 행함으로서 갈 수 있다는 것입니다. 그러한 과정에서 조현병이라도 발전의 형태는 열성적이기보다 어떤 정신 과정을 통해 개발할 수 있는 잠재력이라는 것을 이야기하고 나누고 싶습니다.

시간이 갈수록 사람들의 사고는 기존의 익숙했던 사고에서 벗

내 마음속의 신을 움직이다 - 조율기록 편

어나는 영역으로 확대되어가고 현대에 맞추기 위한 상황에 따른 사고를 하는 것으로 생각합니다. 그렇기에 사회에서 살아나가는 태도는 무엇이든 취할 수 있어도 투병자 입장에서 무슨 상황이든 어색하지 않게 취하는 것은 조금 어려운 일인 것입니다.

저는 12년 전부터 지금까지 화를 내 본적이 열 손가락 안에 들 정도로 화를 내지 않고 조용하고 차분한 사람입니다. 화를 내는 것이 인성이나 제가 균형 잡고 있는 부분들을 망가뜨릴까 봐 웬만하면 화를 내지 않는 상황을 만들도록 노력했습니다.

그러한 사람의 이야기를 세 번째 사랑과 고백의 글을 아래의 일화들로 공개하려 합니다. 끝까지 읽어보며 공감할 수 있는 시간을 가지고 현대의 동반자가 되어 이 글이 누군가의 앞날을 여는 데 일조하길 바랍니다.

사진 입문자의 길

　　이번에는 취미 사진사로 활동했던 제가 어떻게 해서 1,000회 넘는 촬영을 했는지에 대해 써 보려고 합니다. 지금의 사진사 활동의 기록을 쓰는 이유는, 많은 분들에게 노력과 인내와 고통이 동반하는 작업들이 1,000회 동안 있었다는 사실을 전하기 위함입니다. 한편 제가 경험한 사진사의 마음가짐을 쓰는 것은 1,000회까지 촬영갈 수 있는 원동력과 거기에 따른 발전 방향에 대해서도 논할 수 있기 때문입니다.

　　사진 말고도 다른 소통 취미가 있다면 그곳에도 길은 있을 것 같습니다. 낮은 곳부터 높은 수준까지 올라갈 수 있었던 사진사 취미에 대해 열어보도록 합니다. 보관하고 있는 사진으로 시작하며, 증빙이 가능한 기록만 쓸 것이며 과거에 잊어버린 사진 자료는 사용하지 않습니다.

　　년도식이나 기종에 따라 쓰려 했지만 나는 사진기를 사용해왔

　　　　　　　　내 마음속의 신을 움직이다 - 조율기록 편

던 흐름대로 쓰도록 하겠습니다. 지금까지 사용했던 사진기들을 따라 써 보겠습니다. 신진행 사진사의 사진사 기록을 시작합니다.

사진사로서의 시작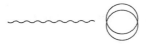

 2009년 어느 봄의 날의 꿈의 세계에서 계시처럼 받은 것 같았습니다. 한밤중 나의 꿈의 영역에서는 카메라 배터리가 들어가는 곳의 뚜껑이 열리며 그 안에 공간이 확대되며 무수히 넓게 카메라 내부를 끝까지 보여주었습니다. 거기에는 많은 카메라 배터리들이 장착되어 있었고, 그걸 보며 꿈에서 깨어났습니다.

 한 번 꾼 꿈이라 대수롭지 않게 지냈는데, 그 꿈을 이후에 수십 회 꿈을 꾸었고, 카메라가 꿈에 등장하며 자꾸 배터리를 보여주는 꿈이 반복되었습니다. 나누었던 꿈을 토대로 카메라 관련 꿈 해몽을 찾았고, 사진 생활을 시작하라는 계시처럼 코멘트가 있었기에, 의심하지 않고 카메라를 잡기 시작했습니다.

 그때가 2009년도 가정의 달 5월이었습니다. 그 당시 서울 코믹월드 기록부터 출발하겠습니다.

서울 코믹월드 코스프레(2009년 5월 10일)
- [기종] Canon EOS Kiss Digital X-01

사실 그 당시에 동인지 카페를 운영하고 있었던 저는 카메라도 없었고, 촬영에도 관심이 없었습니다. 꿈에서 꾼 것을 토대로 사진을 찍기 위해 갔던 한국 최대의 동인 행사인 서울 코믹월드에 참가하게 되었습니다. 목적은 그때 파는 캐릭터 굿즈를 사는 것이었습니다. 굿즈들이 너무나도 어여쁘고 귀여웠기에 한 번에 십만 원 내외로 사기도 하였습니다. 내가 좋아하는 만화의 캐릭터가 박힌 부직포 가방은 늘 5개씩 사서 선물하고 싶은 사람에게 나누어주었습니다.

캐릭터 굿즈를 사는 것은 답례거나 타인에게 선물하기 위한 용도로 쓰였습니다. 아기자기한 굿즈를 주면 사람들이 좋아할 것이라 생각했기 때문입니다. 굿즈를 하나둘씩 모으기 시작했고 그렇게 모으면서 행사장에서 돌아다니는 코스튬 플레이어들을 볼 수 있었습니다.

처음 시작할 때 촬영한 사진은 없지만 남아 있는 사진 중에 제일 오래된 사진의 촬영년도는 2006년도입니다. 첫째 누나의 Canon powershot A80으로 행사장의 코스튬 플레이어들과 촬영한 적이 있어서 그 당시에도 누나의 사진기를 빌려서 촬영했습니다. 2009년이었기 때문에 이때만 해도 보급기 정도로 무난하게 촬영할 수 있는 사진기면 충분했습니다.

사진을 찍는 감이 그 당시는 없어서, 첫째 누나가 'P 모드로 촬영하면 된다'는 조언을 해주셨습니다. 여러 가지를 몰랐던 때였기에 P 모드로 돌려놓고 찍었습니다. 알다시피 P 모드로 촬영하면 조리개나 셔터 스피드가 자동으로 돌아간다 합니다. 그렇기 때문에 이건 뚝딱 찍듯이 찍는 수준이었던 것입니다.

행사장 사진에서 코스튬 플레이어에게 요청하여 2컷에서 최대 4컷까지만 남겼던 것으로 기억되고, 경우에 따라서는 1컷만 찍는 경우도 있었습니다. 그 당시에 나는 자신감이 없었고 촬영할 때의 매뉴얼이나 마음가짐이 일종의 관광객 수준이었기 때문에 돌아다니면서 가벼운 마음으로 사진을 찍었습니다.

그렇게 돌아다니며 얻어걸렸다는 표현을 쓸 만큼의 사진들을 건지기도 하였습니다. 정면으로 초점을 맞추어 촬영한 사진들이 좋은 결과를 냈고 처음 보는 색감이 신기해 사진 취미를 가졌던 사람처럼 몰입해서 촬영을 하였습니다.

몇 시간을 돌아다니면서 처음 맞이한 촬영치고는 괜찮았던 것으로 기억합니다.

서울 코믹월드에서 굿즈도 잔뜩 샀고, 처음 남긴 사진이었기에 그날의 촬영 사진은 47장 정도 남아 있습니다.

인상적인 것은 흑집사라는 애니메이션에 나오는 장의사 역의 코스프레를 한 사람의 사진을 조금 근사하게 찍었던 것이었습니다. 그걸 보면서 한편으로 감탄하였고 한편으로는 그때 느낄 수

내 마음속의 신을 움직이다 - 조율기록 편

없었던 전지전능한 사진기의 위력을 통하여 세상천지를 얻은 것만 같은 기분을 느꼈습니다.

옛날에는 사진을 코스 포털 카페에 그냥 업로드하고 찾아가라는 글을 올리면 찾아가는 것이 보편적이었기에 그렇게 사진을 남기고 활동했습니다. 사진은 그 당시에 운영되던 코스 포털 카페에 서울 코믹월드 관련 사진으로 업로드하였고 사진을 보고 사진의 당사자들이 댓글을 달면 전해주곤 했습니다.

이게 기록상 내가 처음으로 활동한 사진사로서의 한 페이지입니다.

어린이 대공원 출사 (2009년 8월 2일)

- [기종] Canon PowerShot A80

어느 날 코스프레 포털 카페에 이러한 모집 글이 떴습니다. '부산 초읍에 어린이 대공원이 있습니다. 거기에서 소규모 촬영회를 하는데 사진사와 코스튬 플레이어를 모집합니다.' 그래서 어린이 대공원의 출사에 신청하고 사진 담당을 하기로 했습니다.

그 시절에는 개인이 소규모 촬영회를 개최하는 일들이 있었습니다. 장소를 정하면 신청한 일행들 10명 정도 되는 규모로 우르르 몰려다니며 촬영했습니다.

이때는 첫째 누나가 준 Canon PowerShot A80으로 촬영했는데, 똑딱이 버튼의 사진기였습니다. 초읍 어린이 대공원에서 이 카메라를 믿고 촬영을 개시하였습니다. 남자 코스튬 플레이어와 여자 코스튬 플레이어들이 있었고 그 당시의 마음가짐은 도착하자마자 "지친다"였습니다. 집에서 초읍 어린이 대공원에서 집은 아주 멀었고, 가는 도중에 지쳐버린 것이었습니다. 그때가 8월이었으니 사진을 찍기도 전에 체력이 방전이 나 버린 것이었습니다.

여느 때와 마찬가지로 들고 온 카메라의 P 모드로 촬영을 하였고, 사진은 그때 당시 무난하게 나왔지만 사진사로서의 소양이 부족하여 많이 찍어도 20장 이상 찍지 못했습니다. 다른 플랜의 사람들도 채 10장씩밖에 찍지 않았고, 그때 당시에는 사진 찍는 사람이 아닌 참관인 같은 느낌이었습니다.

그 한 여름날에 벨벳 코트를 입고 포즈를 취하려는 남자 코스튬 플레이어가 있었는데, 그때 당시 나는 초보였지만 어떻게든 이 순간을 끌고 나가고자 하는 의도가 있었기에 언어에 대해서 많이 말을 붙이기를 이어 했습니다.

A80 사진기는 생각보다는 내 성에 차지는 않았습니다. 그렇지만 그때의 기술이나 보유하고 있었던 사진기로서는 무난한 편이었기에, 성의를 다하였습니다. 어린이 대공원을 한 바퀴 돌았을 때 100여 장 못 미치게 촬영했고, 그때의 100여 장은 내가 많이 찍었다고 생각하는 컷 수이었습니다. 집에서 어색한 부분은 라

　　　　　　　　　　내 마음속의 신을 움직이다 - 조율기록 편

이트 룸이나 포토샵으로 명도/대비 같은 부분을 올려서 사진의 색감을 조절했습니다. 지금 열어보니 조잡하였지만 그러한 노력이라도 내 자신에게는 나쁘지 않았습니다.

노블레스 벡스코 촬영회(2009년 8월 11일)

- [기종] Canon PowerShot A80

어느 정도 촬영을 치렀지만 그렇게 익숙해지진 않았습니다. 단지 그때 생각으로는 "이 정도만 해도 괜찮지 않은가?" 싶었습니다. 그때의 고민은 얼굴이 그늘지는 것을 어떻게 방비해야 하는지 정도이었는데. 지금 생각해보면 이 부분은 장소나 설정값에서 조절하면 해결되는 문제라 생각합니다.

노블레스라는 팀에서 촬영회를 개최했는데 그때 당시에는 날리는 사진-아웃포커싱이 굉장히 좋아 보였습니다. 아웃포커싱이라고 하는 효과인데 그때의 사진기로는 아는 것 없는 내가 시도하기에는 어려웠다. 똑딱똑딱 사진기라도 점점 사진은 나아질 기미가 보이지 않았습니다. 그래도 열심히 찍었습니다. 어디다 명암을 맞춰야 하는지도 몰랐고 코스튬 플레이어 얼굴은 다 그늘이 졌고, 붙어있는 줌렌즈는 조금 조잡한 면이 있었고 초점이 잘 맞지 않는 기술이었기에 그렇게 잘 찍지는 않았습니다.

그리하여 이번에도 사진을 130여 장 정도 남겼습니다. 이 정도 남기면서 나는 잘했다고 생각했지만 아무도 못 했다고 이야기하지 않았습니다. 왜냐면 그때의 기준에서는 사진을 남기기만 했어도 잘 되었다고 이야기할 정도였으니, 아무래도 그 시절은 살짝 사진사가 부족했던 시대인 것입니다.

그래서 사진을 주면서 친분을 다지고 얼굴을 트며 새로운 인연을 만들었습니다.

어린이 대공원 출사 (2009년 8월 19일)
- [기종] Canon PowerShot A80

갈 데가 어린이 대공원이나 올림픽 공원, 그런 곳밖에 없었습니다. 아주 시야가 좁았습니다. 이번에는 어떤 애니의 연미복 촬영회에 초청받았습니다. 몇 번 촬영 가지 않았음에도 불구하고 섭외를 당하는 경우가 있었습니다. 이번에는 다른 사진사들과 같이 촬영을 갔습니다. 그들은 나름대로 경력이 있는 사람들이었습니다.

항상 P 모드로 촬영했고 그게 잘 되는 것인 줄 알았습니다. 팀코였는데 드레스를 입은 코스튬 플레이어 여러 무리가 촬영하면서 이동했고 나는 서브도 아닌 것이 뒤로 밀려있었고, 사진을 오래 한 찍어온 사람들끼리 이야기할쯤에 내 의견을 내면 살짝 묵살당하기도 했었습니다. 사실 사진에 대해 아는 것이 없긴 했습니다.

그렇게 다른 사진사가 멋지게 촬영을 하는 모습을 구경만 하던 나는 40장 안팎의 사진만 냈고 사진 실력에 있어 매우 초라한 모습을 보이고 말았습니다.

부산 코믹월드 일요일(2009년 12월 12일)
- [기종] FinePix S6500fd

내가 체감하기로 A80 카메라로는 그 당시에 만족을 못 했던 것 같았습니다. 그런데 우연히 마침 셋째 자형 집에 카메라가 있다는 것을 알게 됩니다. 기종은 후지에서 나온 파인픽스 6500s입니다. 그때 당시 기억으로는 홈쇼핑에서 매진을 달성했던 사진기라 알고 있었고, 겉으로 봐도 사진이 꽤나 좋았습니다.

2009년 12월에 촬영이 있었는데 그 행사에서 오토로 찍었었습니다. 달린 줌렌즈로 촬영을 하였는데 A80보다 성능이 월등히 좋은 것이었습니다. 찍다 보니 셔터감이라는 것이 발전하게 되었고 조금씩 화질이 나아지긴 했습니다. 지금 봐도 그때 당시에 이런 사진을 냈다는 것이 긍정적인 결과였다고 생각합니다.

빌려온 파인픽스 6500s로 무려 220여 장 정도를 찍게 됩니다. 화질이 좋아졌고 얼굴의 그늘 현상도 벗어났지만, 지금 생각해보면 아쉬운 것이 오토 모드로 계속 찍게 되었다는 것입니다. 이 사진기가 많이 노력해주어서 깔끔한 사진을 내어 나에 대한 칭찬이 돌고 돌아 잘한다는 평이 소문이 되어 인지도가 늘게 되었고 사람들이 점점 저에게 사진을 맡기는 일들도 생기기 시작합니다. 노련하지는 않더라도 뭔가 어색한 분위기를 만드는 그런 일은 하지 않았습니다. 이 사진기는 자동 초점으로 맞춰지기에 초점 나가는 일은 없었고 조금은 A80보다 진보했습니다.

일요일 코스 포털 카페의 촬영 (2011년 1월 23일)
- [기종] Canon EOS Kiss Digital X

서울에서 코스 포털 카페 촬영이 있어서 사진사로 신청하고 첫째 누나 사진기를 빌려 촬영을 갔습니다. 마침 그날은 눈이 내리는 날이었고, 추웠던 날이었습니다. 사진사들은 눈이 오는 날이었기에 뭔지 모르게 모두들 전전긍긍하면서 촬영하지 못하고 숲 나무 사이사이에 서 있었고, 나는 신나게 돌아다니며 사진을 찍었습니다.

처음은 엔틱 고스로리풍의 캐릭터 코스프레가 있었습니다. 물뿌리개 정원사 캐릭터를 찍었습니다. 그때 당시도 여러 곳을 돌아가며 찍긴 하였는데 30장 이내로 남겼지만 그게 잘한 것인지는 몰랐고 그 당시는 아직 초보티를 벗지 못했습니다.

설정값이 어두웠는지 P 모드에 의지하면서 촬영하는 나날이 익숙해져서 집에서 포토샵으로 밝기를 조절하면 되겠다는 마음가짐을 가졌습니다. 그래서 사진들이 전체적으로 어두웠고 좋은 느낌보다는 미숙한 부분을 많이 보여줬습니다.

사진에 반영된 노력은 화술에만 있었고 설정값이나 초점 맞추기 같은 기본적인 부분에 의의를 두지 않았습니다. 화술이 항상 들어가면 긍정적인 평가가 같이 일어났고 별일이 아닌 것 같은 느낌으로 스며들기 일쑤였습니다.

눈 오는 날의 내 사진 촬영은 살짝 밸런스가 맞지 않았습니다. 그렇게 잘 찍는 편도 아니었고, 마음가짐이 항상 초보였고, 초보이면서 사진을 찍으려는 욕심을 비추지 못했습니다. 왜냐면 초보였을 뿐만 아니라 소심함으로 묶여 자부심도 없는 사람이었기 때문입니다.

이러한 한계점을 맛보면서 촬영을 반복하자 점점 사진사의 모습이 다듬어져, 갔고 이러한 부분으로 인해 실력보다는 화술로 떼우는 느낌으로 접근하였습니다.

결국 이날은 240여 장을 촬영하고 마치고 집으로 왔습니다.

일요일 벡스코 개인 촬영 (2011년 5월 29일)
- [기종] FinePix S6500fd

이날은 내가 평생 씻을 수 없는 일을 저지른 날입니다. 속물이었던 날이기도 합니다.

촬영 컨택을 받았습니다. 3명의 코스튬 플레이어가 각각의 코스로 벡스코를 한 바퀴 돌며 촬영하자는 제안을 했습니다. 그래서 촬영을 나갔고, 나는 아무 생각 없이 나갔습니다. 병치레를 하고 있던 때였기에 무슨 일이 일어날지는 아무도 몰랐습니다.

입에서 도는 말은 나의 마음과 맞지 않고 단련이 되지 않은 상태에서 자기 멋대로 이야기하였고, 두서없는 이야기를 했기에 그런 일이 일어날 줄은 몰랐습니다. 흑집사와 히트맨 리본과 기억은 나지 않지만 A 플랜 같은 게 있었습니다.

그 당시에 촬영을 하면서 그때까지만 해도 "누구든 촬영할 수 있다."는 마인드로 촬영에 임했는데 정작 알고 지내는 촬영 신청자들은 내가 모르는 캐릭터를 많이 코스프레했습니다. 그래서 아는 캐릭터의 컨택이 거의 없다시피 했긴 했습니다.

사진을 다 찍고 200여 장 정도 남겼습니다. 그때의 무의식은 철없음을 넘어서 환상 같은 말을 할 정도로 저급했기에 촬영하자고 한 코스튬 플레이어(A 플랜을 한 사람)에게 마치고 나서 저녁에 카톡으로 말을 걸라고 무의식이 이야기했습니다. 그 당시 내 소양이 그렇게 깊지 않음을 알긴 했지만 혹시나 해서 말을 걸어보았습니다. 답변이 왔는데 별 느낌 없는 답변들이었고, 대화가 이어지는 게 긍정이라 생각했는지 무의식은 고백하여서 친하게 지내자고 이야기하라 종용하였습니다.

그게 맞는 것인지 의문이었습니다. 무의식은 깊은 소통 같은 걸 하지 않고 사고나 시비를 만드는 역할을 해왔습니다. 그렇게 부추기자 한번 시도해보고 싶었습니다.

시도하고 반응을 보려 했는데, 느닷없이 계속 밀어붙이라고, 글을 쓰라고 이야기하였고, 계속 글을 쓰니 답변이 왔습니다.

답변의 요지는 "나한테 실망했습니다."였습니다….

그래서 일이 잘못됨을 알고 급히 수정하여 미안하다는 사과를 썼습니다.

그리하여 나는 이러한 계기로 인해 무의식이 이상한 쪽으로 유도하거나 고백 같은 문제에 개입하는 것에 대해서는 선을 긋기로 했습니다. 그리고 이번을 계기로 다시는 코스튬 플레이어에게 "친하게 지내자." 같은 고백은 아예 하지 않도록 다짐하였습니다. 사진도 못 찍으면서 추잡스럽게 접근했던 일이었습니다.

그러하였습니다. 그렇게 되었습니다. 이 사건은 평생 잊히지 않는 일이 되었습니다.

모라페교 출사(2012년 1월 21일)

- [기종] FinePix S6500fd

모라페교라는 곳이 있었는데 당시 2012년이었으니 아마 지금은 없어졌을지도 모릅니다.

거기서 인기 있었던 나는 촬영 컨택을 받았습니다. 장르는 보컬로이드와 나루토 닌자 쪽이었습니다. 그곳까지 가는 데에 택시를 타고 갔고 날은 추웠습니다.

많은 위험 요소가 있었고 정해진 틀 없이 촬영했습니다. 지금 봐도 파인픽스가 찍은 사진이 그래도 괜찮았습니다. 그렇게 사진들을 냈고, 소규모의 팀과 같이 촬영했습니다. 아직까지 Auto 모드에 기대고 있었고, 사진을 찍을만한 마인드가 없었기에 냅다 찍기가 아니었나 싶습니다.

그렇게 촬영했는데 이것도 보정으로 때우려는 시도를 한 것입니다.

초점 잡는 걸 몰랐지만 자동으로 다 잡아주어서 사진이 튄 건 없었습니다. 체력을 좀 까먹었고, 내려올 때 눈이 뒤집혀 안정적으로 내려오지는 못했지만 집에 무사히 가서 쉬었습니다.

올림픽 공원 11인 개인촬영회(2014년 3월 1일)

- [기종] Canon EOS 450D

어쩌다가 450D를 쓰게 되었는지는 모를 일입니다. 아마도 그 당시 국비로 수업을 듣고 있었던 것 같습니다. 몇 달간 국비로 나온 돈을 모아서 그 당시 450D를 샀습니다. 같이 있는 렌즈는 시그마 삼식이라는 별칭의 렌즈를 썼습니다.

프리라는 애니메이션의 사복 버전을 촬영했고, 11인을 찍었었습니다. 살짝 자신감과 가식이 좀 붙었고 화술로 때우려는 나만의 좋지 않은 마음가짐이 있었기 때문에 450D와 시그마 삼식이 렌즈를 써도 P 모드와 초점 잡는 법은 여전히 내 마음대로였습니다.

DSLR를 가지고 있었다 한들 맨땅에서 헤딩인 촬영방식에 조금 무모한 것 같은 느낌을 받지 않았습니다. 모든 경험이 처음이었고 못 찍어도 누구도 혼내지 않았습니다.

11인을 각각 찍으면서 한 명당 20장 이내로 촬영하였고 단체 촬영 위주로 돌아가며 촬영하였습니다. 때마침 크리스마스 모자나 도구를 가져오셔서 그 도구와 함께 찍었습니다. 얼굴이 어두운 것은 조금 개선되었지만 그게 뭘 개선했는지는 알지 못하였습니다. 그저 '찍으면 찍히는 대로 굴러가겠지'라는 생각만 하고 있었습니다.

촬영하면 할수록 처음 보는 색감과 색채가 나를 해맑게 했습니다. 그게 정말 초보 이하의 수준이라 생각하는 방식이라도 말입니다. 아무도 지적하지 않았던 나의 촬영방식, 초점 잡는 방법 등은 정말로 엉터리였지요.

발전 없이 촬영을 했던 2006년부터 2014년도까지 촬영에 재미는 있었습니다. 엉터리로 찍었다는 점이 문제였죠. 핀이 나가거나 하면 초점 잡은 걸 의심하지 않고 카메라의 성능을 탓했습니다. 그러면서 점점 화술에만 의지해갔고 내 실력은 없이 입만 살아있는 사진사가 되어가고 있었습니다.

M 스튜디오 촬영 오후 2시(2014년 7월 5일)
- [기종] Canon EOS 550D

한 1년 정도 채 쓰고 450D를 팔고 550D를 영입했습니다. 아마 중고였을 것이었고, 450D 가지고는 한계가 있었다고 느꼈습니다. 550D는 영웅 바디라고 선전할 정도로 좋은 카메라였습니다.

처음으로 M 스튜디오에 촬영을 갔습니다. 두 명의 코스튬 플레이어가 있었고, 스튜디오 사장님, 닉네임 ○○사장님이 계셨습니다. 그때 처음으로 방문한 스튜디오였고 ○○사장님이 언급해주신 말이 있었습니다. "코스튬 플레이어들은 프로고 사진사들은 전부 다 아마추어다."라는 말이었습니다. 그 말에 그 당시는 공감했었고, 그 말을 들은 나는 나의 가치관을 "사진사는 아마추어적인 존재."라며 말을 받아서 나를 낮추며 이야기하였습니다.

아무것도 모르는 상태였습니다. 그 당시는 절망적인 상황이라 해도 과언이 아니었습니다. 스튜디오에서 촬영하는 법을 아예 몰랐고 설정값도 몰랐습니다. 550D의 P 모드에서는 스튜디오 조명에 대한 대응값이 매겨지지 않았습니다. P 모드는 셔터 스피드 값을 낮게 표현했고 조리개와 ISO도 따로 놀았습니다. 야외 촬영 우선 설정값으로 표현되어 버렸으니 당연히 어떻게 해야 하는지 몰랐습니다.

○○사장님께 여쭈어보니 그때 M 모드를 통해서 조리개랑 셔터 스피드와 ISO 값 조절하는 법을 시연해주셨고, 사진은 놀랄 만큼 완벽하게 나왔습니다. 설정값은 순간광 사용, 1/125에 4.5F 200정도였던 것으로 기억하는데, 이러한 값을 접할 일이 없었으니 어떻게 알았겠습니까?

그렇게 M 모드에 관련한 정보를 얻었던 그때가 2014년 7월이었습니다. 2006년도에 사진을 잡아서 8년 만에 설정값을 조절하는 법을 알게 된 것이었습니다. 조절하는 법만 봐 왔지, 그때도 아무것도 몰랐으니 또 화술로서 상황을 때웠고, 그럼에도 설정값이 훌륭하였기에 무얼 하지 않아도 잘 찍혔습니다. 초점도 어차피 번들렌즈 조리개 F값이 5.0으로 되어 있어 몸에만 초점을 맞춰도 다 잘 찍혔습니다.

그때까지 사진을 찍은 지 몇 년이 되었어도 설정값을 조절하는 법을 몰랐고 시연을 처음 보고 초점 맞추는 것을 등한시했습니다. 그래도 그 당시에는 보급기가 훌륭히 발전해서 나왔기에 흐름을 타고 사진사 생활을 계속할 수 있는 상황이었습니다. 세월의 흐름이 내가 잘 찍지 못해도 그대로 놔두었습니다.

합천 테마파크의 헬싱 팀 출사 (2014년 9월 28일)
- [기종] Canon EOS 550D

합천 테마파크로의 출사 게시글이 떴습니다. 그 게시글을 보고 잽싸게 신청했습니다. 외부로 촬영을 가고 싶었기 때문입니다. 그렇게 형편없었던 실력이 그래도 늘어 한번씩 M 모드로 돌려 설정값을 스스로 입력해보는 노력을 하고 있었습니다.

그때 그래도 조리개를 높이면 심도가 높아진다는 것을 알게 되었습니다. 셔터 스피드는 뭘 하는지 몰랐고 ISO를 올리면 질감이 나빠진다는 것을 알았습니다.

캐논 영상 모드의 라이브 뷰를 보면서 색을 맞추고 있었습니다. 조리개의 의미만 알고 있었습니다. 사람이 많으면 조리개를 높이는 정도고 아직 초점 맞추기는 등한시하고 있었습니다.

합천까지 가서 촬영을 했는데, 그렇게 많이 촬영을 하진 않았습니다. 230여 장 정도 남겼습니다. 항상 서브라 생각했고 예상

밖의 사진을 내면 지인이었던 코스튬 플레이어나 다른 코스튬 플레이어들이 깜짝 놀라기도 하였습니다. 약간의 감은 있었습니다. 초점 맞추기에는 조금 소홀했지만 조리개 개념은 어느 정도 익히고 있었습니다.

고단하게도 일 인당 40여 장씩 내는 결과를 냅니다. 이동하면서 촬영하는 법이 지금 생각해보았을 때 그렇게 좋아보이지는 않았습니다만 그 당시는 여러 배경에서 사진을 찍고 싶었던 욕심에 이동하면서 사진 촬영을 했습니다. 그렇게 별일 없이 촬영을 마친 뒤 함께 고속버스를 타고 내려왔습니다. 몸은 고단했지만 그래도 좋았습니다.

P와 C의 올림픽공원 코스프레 촬영 (2014년 10월 5일)
- [기종] Canon EOS 550D

겨우겨우 M 모드에 적응하였고, P 모드에서 벗어날 수 있었습니다. 이제 내가 색감을 맞추고 밝기를 맞추고 할 수 있었습니다. 얼굴에 그늘이 지는 것도 조절할 수 있었고 나쁘지 않은 레벨 업이었습니다. 그야말로 맨땅에 헤딩이었으니 눈물겹다고 이야기하고 싶습니다.

550D는 그 시절에는 최강이었습니다. 마침 아는 사진사와 코스튬 플레이어가 촬영을 부탁했습니다. 트윈으로 어떤 장르의

주인공과 여주인공 역이었고 촬영을 했습니다. 사진 촬영이 좀 미숙했다고 생각하긴 하는데 150장 정도로 결과를 남기게 되었습니다.

예전에 100장 남기는 것에서 약 2배 정도는 코스튬 플레이어에게 집중할 수 있었습니다. 조금씩 각도를 잡아가며 촬영하였고, 초점이 문제이긴 했지만 화술로 때우고 550D 사진기가 정말 영웅 바디 같은 능력의 사진기였기에 사진이 아주 많이 늘었습니다.

그리하여 무난한 평을 받긴 했는데 정작 제가 만족스럽게 내진 않았던 것으로 생각됩니다.

올림픽 공원에서 촬영하다(2014년 11월 8일)
- [기종] Canon EOS 550D

올림픽 공원에서의 쿠키런 촬영이었습니다. 당시에는 조리개에 대한 개념을 알게 된 상태였습니다. AV 모드라는 게 있는데 조리개를 조절하면 셔터 스피드가 알아서 조절되는 장치였습니다. 그러나 아직 아무도 초점에 대한 지적을 하지 않았습니다. 사진에 대한 틀은 좀 잡은 것 같았는데 지금 보니 초점들이 거의 절반 정도는 나가 있었습니다.

초점에 대한 개선은 끌어당기기 식으로 하는 편이었습니다.

얼굴에 초점을 맞추려고 하면 반서터로 가운데 초점을 얼굴에 맞추고 반서터 상태에서 각도를 끌어 쓰듯이 촬영하는 식이었습니다. 이 방법은 마우스를 끌어당길 때 쓰는 현상과 같습니다. 드래그시키는 것을 카메라 초점 잡는 데 똑같이 썼던 것이니 초점이 안 맞을 수밖에 없었습니다.

그런 촬영들로 인해서 퀄리티 좋은 사진을 남기지 못하고, 초점이 자꾸 틀어지게 되어 나는 또 사진기 탓을 했습니다. 그렇게 사진기 탓을 하면서 장비 욕심만 엄청나게 내고 있었습니다.

올림픽공원에서 촬영한 학원 앨리스(2015년 3월 7일)
- [기종] Canon EOS 700D

이때 당시는 돈을 벌고 있었던 때라 550D를 팔고 700D를 영입했습니다. 700D를 처음 받았을 때 기계음이 굉장했던 것으로 기억됩니다. 색감도 좋고, 표현력도 풍부하였습니다. 그리하여 700D를 쓰게 되었고, 그 처음은 꾸준히 촬영해오던 코스튬 플레이어와 촬영하였습니다.

학원 앨리스의 촬영이었는데 발랄한 느낌으로 올림픽 공원에서 촬영하였습니다. 역시 그 당시도 핀이 나간 건 뒷전이었고, 조리개를 높였을 때 몸의 아무 곳이나 눌러도 심도가 깊어지니 얼굴까지 그 심도가 닿아서 나쁜 사진이 나오지 않았습니다.

항상 나는 라이트룸으로 색 보정을 카페에서 4시간씩 했었습니다. 원하는 방향성을 위해 그렇게 했는데 그런 시절이 이제 다 끝났다고 생각했습니다. 항상 700D 이전 촬영본들은 다들 색 보정이 필요했습니다. 기술력의 차이일 수도 있겠지만 내 실력이 그렇게 정밀하고 예리하지 않았습니다. 항상 렌즈 핀을 맞춘다고 4개월에 한 번씩 시그마에 가곤 했습니다. 3만 원씩 들었습니다. 핀을 맞춘 의미는 핀이 안 맞아서겠지만 제대로 작동하는 원리를 몰랐다고밖에 이야기할 수 없었습니다.

그리하여 나는 새 카메라로 핀이 안 맞아도 사진을 그나마 좀 찍는 노력들이 알려지면서 출사가 들어오는 사진사로 알려지기 시작했습니다.

러브라이브와 로젠메이든의 올림픽공원(2015년 5월 13일)
- [기종] Canon EOS 700D

'내 사전에 못 찍는 사진 없고, 거부할 사진이 없다'는 마인드를 갖게 되었습니다. 결과적으로 목적이라는 것이 생겼습니다. 주위에는 지인들의 촬영요청이 언제나 있었고, 나도 핀이 안 맞는 것 이외에는 색감이나 표현력에 대해서는 어느 정도 자신이 있는 정도였습니다. 단점은 조명이나 스트로브의 사용을 하지 않았다는 것입니다.

내 마음속의 신을 움직이다 - 조율기록 편

그 이유는 표현력에 대해서는 자연광으로만 충분했고 야외나 바깥에서 찍을 일이 없기 때문이었습니다. 그렇지만 실상은 스트로브를 구비할 생각을 하지 않았으니 쓰는 일이 없었습니다.

그리하여 올림픽 공원의 촬영이 시작되었고, 이제는 그나마 촬영본을 인당 80장 이상은 찍을 수 있는 실력을 발휘하게 됩니다. 그러면서도 뭔가 어색하면 카메라 탓을 했습니다. 설정값은 캐논의 동영상 모드에서 라이브 뷰로 테스트하면서 찍곤 했습니다.

사진사로서 촬영 횟수가 이제 118번이 되었고, 역량이 있다고 느꼈지만, 얼굴에 초점이 맞춰지지 않는 점이 항상 마이너스였습니다. 촬영을 마친 뒤면 내가 원하는 사진의 퀄리티를 위해 촬영 마치고 4시간씩 카페에 앉아서 라이트 룸으로 색감 조절과 선명도 조절을 했습니다. 촬영 다음 날이면 어김없이 카페에 4시간 동안 항상 앉아서 보정을 했습니다. 그건 보정이 아니지만 그래도 열심히 했습니다.

이 촬영에서는 뛰어난 사진을 찍을 수 있었습니다. 손으로 조절하는 색감 조정은 만족스러운 사진을 낼 수 있게 해주었고, 700D 가지고도 사실 좋았다고 이야기하고 싶습니다.

A0님 and P0님의 창원 출사 (2015년 6월 29일)

- [기종] Canon EOS 700D

아는 지인으로부터 소개받은 코스튬 플레이어들과 관련된 사진 요청이 있었습니다. 장소는 창원의 늘푸른전당이었고, 남자 캐릭터 주인공을 2명의 코스튬 플레이어가 코스프레를 하셨습니다. 아무래도 사진기가 보급기라도 700D가 그 시절에 괜찮은 사진기였기에, 사진은 일사천리대로 나왔지만 조금 부실한 면도 있었습니다. 초점이 안 맞는 경우가 더러 있었습니다.

그러한 부분의 패널티가 있었음에도 티 안 나게 촬영이 되었고, 색도 아기자기하고 구도나 각도가 훌륭히 나왔습니다. 12년 차였던 때였는데, 구도 하나는 멋지게 다 잡았습니다. 그리고 집에 돌아가서 4시간 동안 보정을 하며 채도와 색조를 조절해서 꽤 잘 나온 사진을 연출하였고, 촬영이 갖는 의미가 진전되었다고 내 스스로 느꼈습니다.

촬영본 받은 코스튬 플레이어도 "제가 본 사진사 중에 사진을 제일 잘 찍는다."라는 칭찬을 해주었습니다. 나는 화술을 어느 정도 부리며 촬영에 대한 칭찬을 공손하게 받았고, 그리하여 사진에 발전이 있었다는 착각만 하고 촬영을 마치게 되었습니다.

내 마음속의 신을 움직이다 - 조율기록 편

울산의 RARA (2015년 11월 26일)

- [기종] Canon EOS 700D

울산의 촬영이었습니다. 아는 지인의 소개로 촬영을 갔습니다.

길거리나 공공기관 건물에서의 촬영이었는데, 여기서 한 가지 새로운 사실을 알게 됩니다.

주차장이었습니다. 너무 어두워서 이걸 어떻게 해결할 방법이 없나 싶었습니다. 어떻게든 찍으려 노력하였는데 갑자기 자동으로 내장 플래시가 터지고 ISO 값이 조절되면서 찍혔습니다. 그렇게 했더니 질감은 나빴지만 복고 느낌의 촬영본이 나왔습니다. 그렇게 촬영본을 내고 보니 새로운 느낌이었고 지인도 마음에 들어 했습니다.

좋아하는 모습을 보고 촬영을 계속 이어갔고 140장 정도 찍은 뒤 마치게 되었습니다.

토요일 벡스코 코믹월드 (2015년 12월 19일)

- [기종] Canon EOS 70D

카메라 기종을 1년 만에 다시 바꾸었습니다. 초점에 신경을 기울이게 되었고, 조금 좋은 카메라를 써 보고 싶은 욕심에서 카메라를 다시 바꾸었습니다. 지금까지 1년 만에 카메라를 1대씩 바꿨으니, 이번엔 70D입니다. 중급기 정도 되는 기종이고 원래부터 욕심내고 있었습니다. 캐논 축복 렌즈(렌즈의 애칭)와 같이 쓰면 환상의 조합이라 하였습니다. 저금했던 돈을 털어서 샀습니다.

색감이나 처리 면에서 나쁘지 않았습니다. 초점 튀는 문제는 라이브 뷰에서 초점 터치가 되어서 그걸 의지하였습니다. 초점 터치를 하니 운이 좋으면 잘 맞았고 운이 나쁘면 맞지 않게 찍혔습니다. 이때까지만 해도 아무도 내 촬영방식에 대해 지적하는 사람이 없었고, 카메라를 바꾸면서 구도 쪽의 발전-개발이 이루어졌습니다.

찍은 지 십 년 정도 된 사진사가 되었기에 오랜 시간 동안 취미로 사진을 찍은 것에 대한 네임밸류를 내세우면서 사진 찍는 사람으로 내 마인드를 바꾸기 시작했습니다. 그렇게 바꾸면서 촬영도 조금 발전하는 것 같았지만, 사진기나 방식만 바뀌었지 마인드는 초보였습니다. 항상 화술로 때우는 면이 있었고 조금은 기고만장했던 부분이 없지 않았습니다. 좋은 마인드는 아니지만 항상 "장르 가리지 말고 사진을 찍자."는 마인드였고, 그렇게 행하면서 사진사로서 점점 입지가 넓어져 갔습니다.

조금씩 인맥이 넓어지던 그때, A. 그녀를 만나게 되었습니다.

내 마음속의 신을 움직이다 - 조율기록 편

오소마츠상 우연의 형제들의 사진(2016년 3월 26일) 및
한일교류회 코스튬 회장(2016년 4월 10일)
- [기종] Canon EOS 70D

그렇습니다. 2016년도 224회 때의 촬영 이야기입니다. 위에서 언급한 A, 그녀는 나의 촬영에 지대한 영향과 교훈을 주고 떠난 것이었습니다.

오소마츠상 촬영을 하였던 A와 그의 지인은 나와 촬영 약속을 하고 촬영했습니다. 하필 비가 오는 바람에 실내 비상계단에서 촬영을 하였고, 마침 방황하던 다른 오소마츠상 코스튬 플레이어들을 만나서 듀얼 촬영을 했습니다.

그때 당시 A 앞에서 뭔가 말실수를 했나 싶지만 아무리 생각해도 A 앞에서 그런 말을 한 적이 없습니다. 촬영이 다 정리되고 끝나니 A가 뭔가 찜찜해하던 모습이 생각났습니다.

229번째 촬영 때 벡스코에서 열렸던 코스튬 플레이어 행사에서 A의 가판대에 내가 찍어놓은 사진을 팔고 있었습니다. 허락은 받았다고 하고 나는 1장씩 샀습니다. 그리고 블로그에 웃어른 같은 느낌으로 글을 썼습니다.

근데 그것이 트집을 잡혔고, 224회 때 촬영한 날에 했던 내 말에 사과해달라고 하였습니다. 그래서 이 일이 잠잠해지길 원하여 3번 사과를 하였지만, 아쉽게도 블로그에 내 사과를 박제하여

사람들에게 품평질한 글을 올렸습니다. 그리하여 트위터나 블로그에서 비난이 있었고 예전 닉네임을 버릴 수밖에 없었습니다.

A 앞에서 그런 단어를 이야기한 적이 없었지만 완고한 A는 결국 예전 계정을 정리하게 만들었습니다. 많은 사람들이 나와의 트위터 친구 관계를 정리하였고, 그 일이 있고 난 뒤에 3개월간 일을 할 수 없을 정도로 두통과 괴로움에 시달렸습니다. 촬영도 나가지 못했고 예전 지인들을 깡그리 등지게 되었습니다. 억울했지만 참아주었습니다.

그 계기가 도와준 것이 되어 원인이 사진 관련 일로 무시당하는 일이라고 생각하여 좀 더 사진 실력을 발전시키고 사진 관련해서는 완벽을 기하자는 다짐을 했습니다.

울산에서, 오토밸리 복지센터의 하이큐 (2016년 7월 16일)
- [기종] Canon EOS 5D MARK 3

3개월 앓았던 동안 다짐했던 마음으로 사진으로 무시당하는 일을 겪지 말자는 뼈저린 교훈을 얻었습니다. 그래서 70D를 팔고 5D MARK 3를 샀습니다. 풀프레임으로 그 당시에 중고 구매였음에도 210만 원이나 하였습니다. 렌즈는 아트 시그마 50mm를 썼던 것으로 기억합니다.

울산에서 촬영 출사 게시글이 있어서 앞뒤를 가리지 않고 갔습니다. 간만에 가는 촬영이라 너무 설 고 어린 마음으로 기대했기 때문입니다. 그때 찍은 피사체는 하이큐 연습복에 긴바지로 된 유니폼이었고, 살짝 표정이 밝지 않아 보이는 코스튬 플레이어였던 것으로 기억이 납니다. 그때 촬영에 대해서 어시스턴트를 하고 어느 각도에서 어떻게 서야 하는지 지도하였고, 각도 지도를 하면서 포인트에 대해 설명해주었습니다.

5D MARK 3를 사면서 초점에 대해 항상 골머리를 앓던 내가 우연히 초점 맞추는 법을 알게 되어 연습을 급히 하였고 이번에 써먹었으니 촬영본이 기존 사진과 비교하자면 대박이 났다고 생각합니다. 준비한 이상의 퀄리티의 사진을 냈다고 생각했고 초점도 잘 맞아서 아팠던 과거의 기억이 전화위복이 되었습니다.

예전에 비난받고 사진사로서 무시당했던 경험이 없었다면 어떻게 내가 초점에 대한 발전을 했겠습니까? 형편대로 했다는 이야기를 던지고 싶습니다. 발전의 촉진 과정이었다는 생각이 약간 듭니다. 어찌 보면 아무도 말해주지 않은 일을 깨닫는 계기가 되었기에 저 자신의 발전에 있어 상당히 고마운 일입니다.

스튜디오의 크리스마스 촬영 (2016년 12월 18일)

- [기종] Canon EOS 5D MARK 3

카메라를 바꾸고 지인들과 크리스마스 스튜디오 촬영을 감행했습니다.

크롭에서 단련하고 약간의 긍지가 생겨났습니다. 마인드가 서서히 열정적으로 변화하기 시작했습니다. 모두들 사진 관련해서 나를 칭찬해주었고, 이제부터 레전드급 사진을 항상 찍어내게 되었습니다.

한 코스튬 플레이어는 나의 촬영방식, 일일이 지시하고 이야기하는 방식을 보고 공장식 촬영이라는 말을 했지만 마인드가 그렇게 유지됨에 있어서는 시간 절약하는 일이 아닌가 싶기도 합니다. 촬영을 진행하면서 기존에 했던 경험들로 풀어가려고 하니 아직은 역량이 부족했지만 그래도 그나마 촬영을 잘 마무리하기 위한 시도들은 할 수 있었습니다.

고마운 분들과 촬영했고, 조명이나 그 밖의 것들에 대해서 잘 나온 사진을 찍게 됩니다.

그리하여 촬영은 잘 마무리되었고 오후 9시쯤에 해운대의 어느 고깃집에서 고기를 구워 먹은 뒤 해산하였습니다.

올림픽공원 벡스코 펼쳐진 촬영(2017년 1월 2일)
- [기종] Canon EOS 5D MARK 4

2016년에 5D MARK 4가 출시되었습니다. 그 당시 최고로 치는 상급기였고, 캐논 MARK 급 카메라 중 두 번째로 비싼 카메라이자 가장 최신인 제품이었습니다. 과거의 잘못을 업보로 겪은 나로서는 탐나는 카메라였습니다. 그 카메라는 내 심리를 돌아보게 만들었습니다. 첫 번째로는 "보정이 없는 사진을 주기 위해 처음부터 사진을 잘 찍자."가 있었고 두 번째로는 "사진으로 무시당하지 말자."라는 것이었습니다.

그 당시만 해도 430만 원이었고, 어떻게 사야 할지 고민했는데 주거래 은행 실적이 좋아서 한도를 500만 원까지 증액해주었습니다. 그리고 5D MARK 3를 190만 원에 팔았습니다. 그리하여 5D MARK 4를 18개월 할부로 하여 구입하게 되었습니다.

사진기가 처음부터 끝까지 모를 것이었습니다. 촬영하기 전까지 뭔가 싶었습니다.

2017년 1월 촬영 요청이 들어와서 벡스코에서 촬영을 진행하였는데, 세상에! 사진 색감이 너무 좋은 게 아닌가요? 그리고 비상계단 쪽에서 촬영하면 ISO를 12800까지 올려도 화질 저하 현상이 현저히 감소하였습니다. 그리고 실내에서 자연광을 받아서 촬영했던 사진은 굉장히 환상적이었습니다. 감탄에 감탄밖에 할 수 없는 사진기였고, 그런 사진기는 정말 처음이었습니다.

거의 모든 정점에 선 사진기를 내가 손에 쥐고 있었으니 이제는 두려울 것이 없었습니다. 그러한 자신감 덕택에 그 해 2017년 출사를 160번을 나가게 됩니다. 엄청난 결과였습니다.

도검난무 플랜은 아덴 스튜디오에서 (2019년 3월 20일)
- [기종] Canon EOS 5D MARK 4

그 당시에 꿈이 있었습니다.

서울에 있는 코스 전문 스튜디오에 가서 촬영하고 싶다는 것이었습니다. 그게 희망사항이었고, 꼭 한번 해보고 싶었습니다.

마침 코스 포털 사이트에 중부권 촬영을 모집하는 글이 있었습니다. 사람이나 플랜을 가리는 편이 아니었기에 플랜도 확인하지 않고 냅다 신청하였습니다. 신청자는 서울에 사는 사람이었고 스튜디오 비용을 n분의 1로 나누기를 원하셨습니다. 그래서 해드렸습니다.

촬영 약속을 잡고, 기차를 예약했습니다. 서울의 스튜디오에서도 촬영을 하는 것에 뭔가 기쁘고도 설렜습니다. 무슨 플랜인지도 모른 채 촬영을 갔습니다.

서울역에 도착해서 지도 앱을 찍어보니 경기도 쪽에 위치한 스튜디오였습니다. 경기도 쪽으로 가는 1호선 기차가 있어서 타고 갔습니다. 한 시간을 갔습니다.

처음에 스튜디오 내부 사진을 보았을 때는 잘 꾸며진 스튜디오이며, 내가 겪지 못했던 인테리어가 눈부시다고 생각했습니다. 스튜디오에 도착하였을 때 사장님을 뵈었는데, 분위기가 살짝 무서웠습니다. 처음이고 해서 긴장했는데, 사장님께서 스튜디오를 안내해주셔서 스튜디오 안으로 들어갔습니다.

그야말로 환상적이었고, 정말 대단했습니다. 이런 스튜디오의 존재에 대해 너무나도 감격했습니다. 감격은 나중에 마저 하자 생각하며 그 스튜디오의 장점은 사장님이 잘 아실 것 같았기에 사장님께 설정값과 사용법을 부탁드렸습니다. 색감을 맞춰주셨고, 순간광의 설정값도 맞춰주셨습니다.

시간이 지나자 코스튬 플레이어분이 오셨고, 나는 준비했습니다.
테스트 컷만 수십 번 찍었습니다. 화이트 밸런스를 조절하니 색다르고 색온도로 순간광을 터트리니 고풍스러운 느낌이 났습니다. 사람이 들어온 뒤에야 알 수 있었지만, 너무나도 긴장한 상태였습니다.

촬영에 들어갔을 때가 몇십 분 동안 멈추지 않고 열심히 촬영을 했습니다. 열심히… 열심히 하였으며 스튜디오 자체가 너무 아름다웠기에 처음이지만 부담스러움을 조금 덜고 찍을 수 있었습니다.

사장님께서 연무기에 대해서도 설명해주셨는데, 연무기를 어떻게 쓰는지 자세히 알려주셨습니다. 한 번 시연해주신 것은 누구도 넘볼 수 없는 수준이었습니다. 훌륭한 사진이 나오며 사장님께 연신 감사한 마음만 들었습니다. 정말로 눈물 나는 순간이었습니다.

과거를 비교해보아도 이런 순간은 없었습니다. 좋은 순간과 좋은 사람이 있었기에 마음이 씻은 듯이 나아지는 곳이었습니다. 플랜 두 벌을 다 찍고, 뜻밖의 수확을 했던 것에 감사드렸습니다. 그리고 그 스튜디오는 운영 종료로 문을 닫기까지 수십 번을 찾아갔던 곳이 되었습니다.

환상적인 그곳은 아덴 스튜디오였고 너무 좋았습니다.

러브라이브와 카캡사, 대전 화폐박물관(2019년 4월 13일)
- [기종] Canon EOS 5D MARK 4

그 당시 5D mark 4와 EF 24-105mm를 썼던 것으로 기억합니다. 이제 서울 스튜디오 촬영도 해보았고 이제는 남부권 말고 전국을 무대로 뛰어보고 싶었습니다. 가보지 않았던 세상을 가보며 그 지역에 살고 있는 사람들을 지인으로 사귀어, 사진의 폭을 넓히고 싶었습니다.

어느 코스 포털 카페에서 글을 읽고 있을 때, 대전에서 촬영을 구한다는 글이 올라왔습니다. 물론 상대가 어떤지, 플랜이 무엇

내 마음속의 신을 움직이다 – 조율기록 편

인지 아무것도 알지 못했습니다. 그렇지만 시간의 텀을 두고 지켜보고 있었는데 아무리 시간이 지나고 그 글에 달리는 답변들이 없었습니다. 그래서 생각하기를 첫 중부권 야외 개인 촬영을 하고 싶었기에 무슨 플랜이든 어느 누구든 상관없다고 생각했습니다.

그래서 카페에 덧글을 달고 채팅을 통해, 대전으로 촬영을 갔습니다. 이미 5D MARK 4와 EF 24-105mm는 내가 보지도 못한 세계를 언제든 보여주었습니다. 나는 못 믿어도 사진기를 믿었습니다.

일찍 기차역으로 가서 대전에 있는 화폐박물관 쪽으로 갔습니다. 지리가 처음이지만 지도 앱이 잘 되어 있어서 찾아가는 데에는 문제가 없었습니다. 그래서 찾아갔더니, 굽이굽이 먼 길을 몇십 분 걸어가니 화폐박물관이 있었습니다.

살짝 일찍 온 내가 문제이긴 했습니다. 그래서 문자로 연락하고, 약속 시간보다 조금 늦는다고 하셨습니다. 일단 시장했기에 화폐박물관 쪽에 있는 편의점에서 컵라면을 먹고, 그다음에는 따뜻한 햇볕이 드는 계단에서 졸고 있었습니다. 졸음이 지겨워졌을 때는 촬영할 곳을 답사하였습니다.

2시간 즈음 기다렸는데, 누군가 오고 있었습니다. 바로 약속했던 코스튬 플레이어분이셨습니다. 나는 늘 그렇듯이, 답사 때 발견한 탈의 가능한 화장실을 안내를 하고 갈아입고 오시라 하셨습니다. 플랜은 둘이었는데, 러브라이브의 마키와 카캠사 1기 전투복 버전이었습니다. 사진사를 하면서 생긴 마인드가 있는데 초면인 사람에게는 개인적인 감정을 섞지 않습니다. 적어도 한 5~6년 되어야지 내 본심을 드러낼 정도니까 말입니다.

또 그렇게 30분을 기다리니 마키를 하고 오셨습니다. 대략적인 촬영을 어떻게 진행할 것인지 계산해 두어야 했습니다. 그런데 짐이 많았기에 짐을 맡길 장소가 없었습니다. 매점에 맡길 것인지 생각했는데, 나는 즉흥적이게도 화폐박물관에 가서 거기 있던 안내원에게 대전에 놀러 온 관광객인 것을 팍! 팍! 티내면서 짐들을 맡아달라고 하였습니다. 흔쾌히 맡겨주셔서 그 당시에 너무나도 감동하였습니다.

촬영을 진행하고 있었습니다. 그때도 감이라는 것이 그다지 지금보다는 풍부하진 않았기에 촬영에 의의를 타지역 출사에 두고 있었습니다. 고민해도 잘 되지 않았지만 그래도 좋았습니다.
첫 번째 사진을 200여 장 정도 촬영하고 두 번째 플랜을 기다리고 있었습니다. 짐을 다시 찾아와야 했습니다. 마치는 시간이 다 되어갔기 때문입니다.

뭔가 기대보다는 내가 잘 하고 있는지 고민하였고 욕심내거나 그러진 않았습니다. 첫 촬영이기 때문에 중립을 지켜야 하는 생각으로 머릿속이 가득 찼기 때문입니다. 두 번째 준비해오신 플랜으로 촬영을 준비하니 보고 깜짝 놀랐습니다. 카캠사 1기 전투복 버전 의상이 너무나도 인상적이었기 때문입니다. 절대 나는

티를 내지 않았지만, 살아있음을 감사히 했습니다. 이 촬영을 맡지 않은 다른 사진사들은 바보라고 이야기할 정도로 여운이 남았습니다.

열정이 약간 붙었기에 무시무시하게 좋은 사진으로 결과물을 냈고, 그때 좀 감동 받은 면이 있었습니다. 그렇게 찍을 줄은 몰랐는데, 첫 중부권 야외 촬영이 이렇게 좋을 수가 없었고 감동이었습니다. 단지 그것뿐이었습니다.

촬영을 다 마치고 보니 문이 닫혀 있었습니다. 그래서 담을 넘어갔고, 그제서야 코스튬 플레이어와 안면을 틀 수 있었습니다. 그 당시에 너무 감동한 나머지 촬영이 어느 정도 돌았을 때, 사석에서 만나는 사람에게 내가 촬영한 사람 중에서 퀄리티가 뛰어나고 아주 프로 느낌이 나는 자랑스러운 사람이라 이야기하기까지 하였습니다. 좋은 날이었습니다. 지금도 생각하기를 그때만 같았으면 소원이 없겠습니다.

> 그렇게 해서 2017년부터 출사를 100회 이상은 꾸준히 나가게 되었습니다. 코로나가 터졌을 때도 나는 출사를 연 100회 이상 꾸준히 나갔습니다. 캐논에서는 이제 말할 것이 없으니 소니로 넘어가겠습니다.

요정 컨촬, 2시간여의 뮤지엄 다의 슈퍼네이쳐(2020년 10월 23일)

- [기종] SONY A7R3

700여회의 촬영을 치렀을 때 나는 캐논을 다 정리하고 소니의 A7R3로 갈아탔습니다. 그럴 수밖에 없는 것이 캐논 5D MARK 4는 훌륭했지만 나는 더더욱 많은 사진기를 경험하고 싶은 욕망이 생겼고, 다른 발전을 위해 소니로 갈아타기로 했던 것입니다.

처음에는 소니를 쓰며 적응할 수 있을지 걱정되긴 했었습니다. 잘 나올 것인지, 색은 잘 맞출 수 있는 것인지, 걱정에 걱정을 했습니다. 항상 걱정하긴 합니다. 화이트밸런스타 픽처 스타일 같은 부분은 이제 사용하는 방법을 알았고, 콘트라스트와 채도나 선명도를 조절할 수 있는 A7R3 때문에 간편하게 색의 성격을 조절할 수 있었습니다.

소니 카메라로의 첫 촬영은 뮤지엄 다의 슈퍼네이쳐에서 진행하였습니다. 그곳은 조명만 터지지 않는다면 그냥 촬영도 가능했습니다. 그래서 오랫동안 촬영을 함께해오던 지인에게 요청하여 촬영 제안을 했습니다. 흔쾌히 수락하셔서 차비와 페이를 드리고 촬영했습니다.

처음에 ○○스튜디오 사장님이 말한 것 같이 코스튬 플레이어 분들은 다 프로였습니다. 아주 예쁘고 아름다운 사진들이 마구마구 나왔습니다. 연속 사진도 찍는데 포토샵을 이용해서 GIF로 제작하기도 합니다. 그러면 사진의 쓸모가 늘게 됩니다.

내 마음속의 신을 움직이다 - 조율기록 편

요정 컨셉으로 촬영하셨고 아름다운 사진을 많이 남기게 되었습니다. 2시간 동안 400여 장 정도 촬영하였습니다. 예전에 20장 찍던 실력과는 하늘과 땅 차이가 되었습니다. 화술도 입에 조금 익어서 필요한 말이나 집중해야 하는 말에 집중할 수 있게 되었습니다. 그리하여 정말 사진기사가 된 것 같이 리드를 하며 촬영을 하였습니다.

사진에 관해서는 스트로브의 중요성도 알았고 빛의 중요성도 알게 되어서 수월하게 촬영하는 편입니다. 그리하여 이번 촬영으로 많은 것을 얻었습니다. 사진으로 제 판단에는 걸작을 내버렸기 때문에 나는 만족하는 편입니다. 막 찍어도 이제는 설정값이 저절로 떠오릅니다.

○○스튜디오의 가족사진(2020년 12월 27일)
- [기종] SONY A7R3

거의 10여 년 이상 이용해오던 부산의 ○○스튜디오가 문을 닫는 날이었습니다. 그래서 문을 닫기 전에 사장님과 아이들과 사모님과 밥을 먹으면서 미래와 그간에 있었던 일에 대해 이야기하였습니다. 촬영을 ○○스튜디오에서 50번 정도 했던 것으로 기억합니다.

마지막이라 생각하니 조금 아쉬웠고, 뭔가 준비할 것 없을까 했었습니다. 스튜디오 사장님은 손님의 촬영본을 받을 기회가 없습니다. 그래서 이제까지 촬영했던 ○○스튜디오 촬영본 중 50회 촬영본 폴더를 만들어 각각 10장씩만 골라서 사장님께 드렸습니다. 고마워하셨습니다.

소니 사진으로 ○○스튜디오 마지막으로 가족사진을 찍어드렸습니다. 색감도 넣고 이리저리 신경 써서 찍었습니다. 이제는 압니다. 셔터 스피드 확보를 신경쓰고 조리개를 조금 쓰고 ISO는 품질을 높일 수 있을 때 신경써야 한다는 점을 말입니다.

이러한 교훈을 후에 많이 써먹을 수 있는 원동력을 주셨기 때문에 사진 촬영을 나갈 때마다 항상 활력이 도는 촬영을 할 수 있었습니다. 장소나 시간에 구애받지 않고 최고의 사진을 낼 수 있는 사진사가 되어버린 것입니다. USB에 넣어 보내드리고 뒷마무리는 아주 조촐하게 끝났습니다.

그게 760번째 촬영의 일이었습니다.

아칼리 트윈 촬영은 윗츠 2호점 블랙룸에서(2021년 6월 20일)
- [기종] SONY A7M2

형편이 좋지 않아서 SONY A7M2로 갈아탔습니다. 2021년 6월이니 홍보담당관이 되기 직전의 이야기인가 봅니다. 이번에 촬영하시는 분들은 나를 컨택하셔서 꾸준히 촬영해오시던 팀이었습니다. 아칼리 중심으로 했었고 한 분은 오징어 게임 컨셉으로 촬영하셔서 인스타그램에 게시해주신 덕에 내 사진이 하트가 300개 이상씩 찍히거나 그렇게 되었습니다. 다들 직업으로 생각하면서 촬영하는 듯한 느낌이라 내가 돈을 줘야 하는 게 아닌가 싶을 정도로 잘 되는 분들이라 굉장히 좋았습니다.

이미 스트로브나 조명에 대해서 많은 시도와 경험들이 이루어졌습니다. 그러한 경험들은 콘트라스트나 채도를 조절하거나 화이트 밸런스를 조절하여 조명기구에 밸런스를 적당히 퍼트려주면 완전 다른 세상의 색이 나온다는 것을 터득하였습니다.

그런 부분 때문에 원본이라도 정확히 눈에 가는 색을 쓸 수 있었고 경험의 축적 덕분인지 화술이나 기획 면에 있어서는 이미 아마추어치고는 높은 평가를 해주셨습니다. 사진기사가 될 정도이니 오랜 경험이 교훈이 되어 사진 촬영으로 서울을 가도 돈이 아깝지 않은 퀄리티의 사진을 낼 정도로 발전하게 되었습니다.

촬영은 대구의 수성랜드에서 이루어졌습니다(2021년 6월 26일)
- [기종] SONY A7M3

이미 내 실력이 망하지는 않는 사진을 내는 사진사라는 것을 자부하기에 외부의 출사가 있으면 과감하게 나갔습니다. 과감한 것도 아닙니다. 사진에는 확실히 자신감이 있다는 걸 알고 있기 때문에 타지 출사는 언제든 컨택만 있으면 나갔던 것입니다. 카메라의 쓸 수 있는 기능은 거의 다 쓰고, 스트로브에 지속광까지 최근에 장만했습니다. 그래서 망설이지 않고 나갔습니다.

이번에는 A7M3 사진기입니다. 촬영은 대구의 수성랜드에서 진행되었고, 내가 아는 장르는 아니었지만 나는 그래도 무슨 촬영이라도 자신이 있었습니다. 340장 정도 찍은 것으로 되어 있고, 연사로 GIF를 제작하여 제공하였습니다.

촬영에서 실력을 좀 낸다면 최고의 사진을 내자는 마음의 자부심은 항상 있었습니다. 그 이유는 사진에 대한 감이 조금씩 있다는 것을 믿고 찍었기 때문입니다. 과거에 못 찍고 초점으로 헤매던 사진사가 여기까지 올 수 있었던 것은 앞에 쓴 고민과 경험들 덕입니다.

히나타 하이큐는 포항의 두 군데의 비상계단에서 (2021년 8월 8일)
- [기종] SONY A7R3A

포항에서 촬영 요청을 받았습니다. 안면도 없었고 아무 정보도 없었습니다.

항상 자신감이 있었던 사진가였기에 못 갈 이유가 없었습니다.

　　　　　　　내 마음속의 신을 움직이다 - 조율기록 편

부산에서 동대구를 경유해서 포항까지 KTX를 타고 갔습니다.

그때만 해도 몰랐습니다. 비가 온다는 것을 말입니다.

포항에 도착하자마자 비가 쏟아졌고, 약속 장소에는 비가 흥건했습니다. 엄청난 폭우가 왔고 기다리면서도 폭우 소리에 어떻게 생각해야 하는지 모를 지경은 아니었습니다. 답이 하나밖에 떠오르지 않았습니다.

촬영 당사자가 왔습니다. 어떻게 할 것이냐고 물었습니다. 아무 대답이 없기에 나는 유연하게 생각난 곳에서 촬영하려 했습니다. 사실 시간 내서 온 것에 대해서는 촬영을 안 할 수 없었고 대처할 만한 방법이 필요했습니다. 그래서 제안했던 곳이 큰 상가 통로의 비상계단입니다. 그 근처의 비상계단에서 찍자는 제안을 한 것입니다. 이유는 단순한 것이었습니다. 비상계단은 사방이 막혀있고 내가 가지고 있는 스트로브로 벽이나 천장에 빛을 쏘면 모든 공간에 빛이 골고루 퍼집니다. 그걸 이용해서 스튜디오 효과를 내어 촬영하는 것이 목적이었습니다.

그리하여 비상계단을 찾으려 했는데, 꽤 멀었습니다. 많이 걸었습니다. 가까스로 도착한 곳이 한 아울렛의 비상계단이었습니다. 거기서 95장을 찍었습니다. 그리고 그 건물 옆쪽에 큰 건물이 더 있어서 그곳으로 옮겨서 110장을 찍었습니다. 물론 나는 그래도 괜찮은 퀄리티를 낸다는 생각을 하고 촬영하니 괜찮은 촬영을 했습니다.

그 덕에 비가 와서 찍지 못한 포항 거리가 오히려 다행이라고 생각할 수 있었습니다. 그래서 이런 임기응변이 있었구나 싶기도 했습니다. 그래서 별로 화도 안 나고 사진도 잘 나와서 서로 잘 헤어졌습니다. 그리고 나는 기차를 타고 집으로 왔고 바로 사진을 보내주면서 그 일은 마무리 지었습니다.

서울의 스튜디오 촬영 (2021년 9월 11일)
- [기종] SONY A7R3A

스트로브 3개에 동조기 하나, 카메라 A7R3A를 가지고 서울의 어느 스튜디오를 찾았습니다. 사장님께 인사드리고 촬영할 스튜디오에 팁을 요구하였습니다. 그렇게 하니 사장님이 스트로브로 백라이트를 쓰면 잘 찍을 수 있다고 하셨습니다. 그래서 고개를 끄덕이고 촬영을 준비하는 동안 세팅하며 기다렸습니다.

테스트를 하는데 스트로브 설정이 잘못되었는지, 접점 불량인지에 대해 고민이 있어서 여러 번 시도를 했습니다. 그래도 나올 결과는 나올 것이라는 생각을 가지고 촬영에 힘을 실었습니다. 처음으로 어공주의 플랜을 촬영했는데 촬영 결과가 처음 맛보는 기분 좋은 결과가 나왔습니다. 퀄리티 있는 촬영이라고밖에 이야기할 수 없는 퀄리티를 사진에 담았습니다. 사진은 정말 성공적이었습니다. 두 번째 플랜도 준비하는 동안 고민하며 기다렸습니다.

두 번째 플랜도 촬영하면서 빛을 좀 많이 쓰고 셔터 스피드를

1/160로 하고 조리개를 F8.0, ISO를 64로 잡았습니다. 물론 조명기기의 순간광을 많이 쓰고 스트로브도 과하게 썼습니다. 이런 결과값 덕분에 다양한 퀄리티를 시도할 수 있었고 특색있는 사진을 많이 뽑을 수 있었습니다. 그렇게 시도를 반복해 저에게 최고의 사진이 되고 좋은 사진이 되어가는 것입니다.

게다가 화이트밸런스와 픽쳐스타일을 잘 이용하면 거기서 융합된 칼라가 빛으로 터지며 분산되어 입혀지는 사진의 결과 값은 최상이며 환상일 수밖에 없습니다. 원본이 비현실적으로 엄청난 폭발을 가지게 되는 것입니다. 이러한 설정이 가능하게 되었고 사진으로 자존감이 많이 생겼고, 돈을 주고서라도 촬영을 잡으려는 내 마음이 서서히 생겨났습니다.

사진이 뒤로 갈수록 잘 나오니까 이런 시도도 할 수 있었습니다. 이를테면 결과가 나온다는 사실이 제가 사진을 놓지 못하고 좋아할 수밖에 없었던 초조한 취미의 이유였습니다. 촬영은 성공적이었고 2시간 30분 동안 480장을 찍으며 마무리했습니다.

촬영은 한밭수목원에서 2시간 타임 (2021년 11월 28일)
- [기종] SONY A7R4A

내가 링크되어 있는 사진을 보고 촬영 문의가 들어왔습니다. 그중에 대전에서 촬영을 요청한 분들이 계셨는데, 고등학생 커플인 것으로 기억하고 있습니다. 이미 자신감이 차 있으니 촬영 못할 일이 없었습니다. 그래서 내 돈을 드려서 교통편을 예약하고 한 밭수목원에서 촬영 약속을 하였습니다.

사전에 만나서 몇 시간 동안 촬영할지 이야기하고 '2시간만 합시다' 했지만 실제로 2시간 30분을 하였던 것으로 기억합니다.

사진기는 A7R4A로 사용하였습니다. 포즈 지도에 대해 어느 정도 자신감이 있었던 사진사로서 포즈 지도를 했습니다. 그리고 사진기로 대뜸 보고 고개를 돌려보며 촬영에 뛰어난 구도를 잡아냈습니다. 그렇게 촬영을 하고 GIF를 만들도록 연사도 하고, 전체 연사도 하고 그렇게 연사하여 4개의 GIF도 만들었습니다.

나머지는 작가 근성으로 구도나 모든 것은 하늘에 맡기며 촬영했습니다.

그렇게 해서 2시간 즈음으로 끝을 내며 태블릿 PC로 내려받아 선행을 보여줍니다. 그러곤 끝이 났습니다. 그때 찍은 사진이 500여 장 정도 되고 그대로 메일로 보냈습니다.

예전과는 하늘과 땅 차이입니다. 일전에는 2시간 정도 하고 200여 장을 찍었는데 이젠 500여 장도 찍을 수 있었습니다. 사진 만세입니다.

　　　　　내 마음속의 신을 움직이다 - 조율기록 편

경주에서 한복 촬영으로 반나절간 GOGO! (2021년 12월 28일)
- [기종] SONY A7R2

경주의 한복 촬영 제안이 들어왔습니다. 그래서 촬영을 나갔는데 당시 사용한 사진기가 A7R2였습니다.

기존에 쓰던 사진기와는 달라서 패널티가 있을까 생각했는데 막상 촬영에 들어가 보니 패널티보단 약간의 불편함이 있었습니다. 초점 잡는 레버가 버튼으로 되어 있었던 것입니다.

그게 불편하여 사진 촬영에 한계가 있었지만 타이밍이 좋은 구도를 발견해 촬영했더니 너무나도 좋아하셨습니다. 그리하여 거기에서 화이트 밸런스와 색 조절을 통해 내가 잘 할 수 있는 부분에 대해서 크게 어드바이스했고, 결국은 사진이 잘 나와서 촬영자가 트위터에 올린 사진이 트위터에서 인기를 끌게 되었습니다. 이것도 3시간에 600장 정도 촬영을 하였습니다.

기존보다 철이 조금 지난 카메라로 600여 장을 촬영한 것이라면 사진사 근성이 있는 것이라고 생각합니다.

야간 촬영, 각자의 디데이 트윈으로 가자 (2022년 3월 27일)
- [기종] SONY A7R3

야간 촬영에 필요한 것이 있습니다. 바로 스트로브입니다. 더하자면 지속광 같은 것도 필요합니다.

이 필요한 부분에 대해서는 언급 안 해도 되는 것입니다. 약간의 빛만 있으면 촬영할 수 있습니다. 바로 삼각대가 함께 하면 말입니다. 삼각대만 있으면 셔터 스피드를 우리가 생각하는 기준 이하로 내려도 흔들림 없이 결과를 내는 걸 알고 있었습니다. 물론 셔터 스피드의 단위는 순간의 속도값이기 때문에 흔들리지만 않다면 속도가 내려가도 사진이 잘 찍혔고 조리개값을 조금 보존하고 ISO를 그 당시에 그나마 1600까지만 해도 선명하게 찍을 수 있었습니다.

그렇지만 여기에서 문제가 있습니다. 소니 A7R3은 얼굴인식 기능이나 손 떨림 방지 기능 같은 것이 있는 것으로 압니다. 그리고 생각보다 스펙이 좋은 사진기이므로 셔터 스피드를 과도하게 내리고 삼각대로 흔들림 없이 찍어도 사진을 잘 내주었습니다.

이러한 경험적인 부분으로 촬영을 하니 야간 촬영에 경험이 있는 분은 나보고 "갓진사가 아니고 완전 괴물."이라는 칭찬을 해주셨습니다.

괴물이 되었습니다. 근데 괴물 되고 보니 나도 좀 그렇군요.

내 마음속의 신을 움직이다 - 조율기록 편

서울의 스튜디오 동양룸에서 촬영 (2022년 5월 1일)

- [기종] SONY A7M4

서울의 Flame 스튜디오에 있는 동양룸은 가히 환상적입니다.

잘만 찍으면 퀄리티 있는 사진을 낼 수 있기 때문입니다. 누구든지 퀄리티 있는 사진을 냈고 낼 수 있는 곳입니다. 이 스튜디오에서 A7M4로 촬영했습니다. 플랜은 보컬로이드의 유키미쿠 촬영이었습니다. 그 촬영에서 내가 낼 수 있는 능력은 다 냈던 것으로 기억합니다.

거의 평균적으로 감동할 수 있는 이상의 퀄리티를 내버렸기 때문에 그것도 원본을 내서 깜짝 놀랐습니다. 작품이 아닌 내가 얻은 정보를 이용해 찍었던 적 없는 사진으로 만들어버렸기 때문입니다. A7M4가 대단하다는 생각밖에 들지 않았습니다.

처음의 서울의 F 스튜디오는 조금 어려웠는데 가면 갈수록 촬영은 쉬워졌고, 촬영 구도에 대해 이해를 하고 나니 잘 찍을 수 있어 잘 마쳤습니다. 후회 없는 촬영을 할 수 있었습니다. 좋은 곳이었습니다.

레슨 촬영, 올림픽 공원과 비상계단 (2022년 7월 9일)

- [기종] SONY A7R3

나의 자신감이 점점 오르고 있었습니다. 사실 잘 모르겠지만 누누이 이야기했습니다. "어시스턴트가 필요하면 저에게 부탁하세요."라는 말을 여러 번 사람들에게 농담조로 이야기하고 찔러서도 했습니다. 그리하여 그 이야기를 들은 분 중 한 분이 저에게 어시스턴트 요청을 하였습니다.

그리하여 벡스코와 올림픽 공원에서 어시스턴트를 하였고, 삼각대를 이용한 촬영과 픽처 스타일 사용법이나 스트로브를 구매해 테스트용으로 쓰게끔 하였고, 그리고 실내에서 촬영하는 방법이나 어두울 때 스트로브나 지속광을 쓰는 방법에 대해 여러 가지 조언을 아끼지 않았습니다.

그 덕인지는 몰라도, 촬영 문의를 하는 사람들이 있었습니다. 그래서 촬영을 갔습니다.

제일 중요하다며 귀에 못이 박히도록 이야기한 게 "초점 못 맞추면 사진 버려진다."와 "초점 좀 잘 맞추세요."였습니다.

내 마음속의 신을 움직이다 - 조율기록 편

사진사에게 사진기 없었던 100일 (2022년 10월 1일)
- [기종] Canon-100D

직장이 주는 소득이 높지 않고 까먹는 돈만 많아지는 바람에 A7R3, 렌즈와 조명기기와 삼각대 등등을 팔아버렸습니다. 소니 카메라로 가지고 있는 것은 카메라 동조기 한 대 빼고 다 팔아버렸습니다.

2022년 8월 말 마지막 촬영을 끝내고 나니 사진기가 없었습니다. 그 당시에 1년에 100회 이상과 한 달에 10번 이상 촬영을 가던 사람이 카메라가 끊기고 취미로서 아무것도 할 수 없는 사람이 되었을 때 별일이 없을 줄 알았습니다.

트위터에 가끔씩 올라오는 사진들을 보면서 아무런 기분이 들지 않았고, 그 사진이 무엇이든 보고 넘기는 사진밖에 되지 않았습니다. 그렇게 한 달을 보내니 밥이 맛이 없었기에 회사에서 굶는 경우가 빈번하였고 컨디션마저 좋지 않아서 좌불안석 같은 느낌의 한 달을 보내고 있었습니다.

우연히 두 달째 되던 날에 카메라에서 찍는 셔터감을 느껴보고 싶은 마음이 조금씩 생겼습니다.

그래서 돈이 없더라도, 촬영 한 번 나가보는 것이 소원이었습니다. 그때는 아무것도 없었기에 5년 정도 알고 지내던 코스튬 플레이어 겸 사진사 지인에게 100D를 빌리기로 했습니다.

사실 일하던 곳에서 Canon RF 시리즈 카메라가 있길래 허락을 받고 한 번 만져보았습니다. 카메라 렌즈의 줌을 당기고 셔터를 조절했을 때 손에서 사진기의 색감이나 셔터, 화면의 배색 등등에 이끌렸고, 혼자서 감탄사를 여러 번 뱉은 적이 있었습니다. 한 번 만져본 Canon RF에 촬영이 너무 가고 싶어졌습니다.

무엇이 그리도 좋았는지 그저 100D 빌리는 것인데, 오후 약속 시간이 밤 7시였는데 나는 오후 2시에 차를 타서 1시간 가량의 약속 시간에 오후 3시 즈음 일찍 도착하였습니다. 기종이 무엇이든 상관은 없었습니다. 단지 카메라 셔터의 손맛을 느끼고 싶었습니다.

그래서 무려 4시간을 기다렸습니다. 2시간은 햄버거 가게에서 기다렸고 1시간 30분 정도를 약속된 장소에서 대기하고 있었습니다. 돈이 없어서 어느 가게에 구매 포인트 쌓아놓은 것으로 쿠키로 선물을 사서 기다리고 있었습니다.

마침 7시 즈음이 되니 빌려주기로 한 지인이 나타났고, 지인은 일정이 있어서 빨리 가야 했기에 선물만 주고 집으로 냉큼 버스를 타고 왔습니다.

집에서 빌린 카메라를 가지고 당장에는 무얼 하진 않았습니다. 그대로 손대지 않고 하루 정도 놔두었습니다. 하루가 지난 다음 날 저녁쯤에 마음을 가다듬고 Canon 100D에 (EF)28-70mm 2.8F를 대어보았습니다. 풀프레임 렌즈이기에 크롭을 잘 감당했습니다. 보유 렌즈 중에 시그마제 30mm 삼식이 렌즈가 있어서 그것을 물려보았는데, 조리개가 30mm 1.8F까지 낮아지는 렌즈라서 화이트밸런스와 픽쳐스타일을 손대어 이불에 적당한 컨셉을 붙이고 셔터를 눌렀습니다.

"캬!"

청량한 셔터로 나를 맞이하는 100D의 소리와 기기의 떨림이 오른쪽 둘째 손가락에 퍼지며 온몸에 전달되었습니다. 3개월가량 억눌려 있었던 것이 있었는지 눈에서 빛이 나도록 뚫어져라 결과물을 쳐다보았습니다.

그때 내가 살아있음을 느꼈습니다. "살아있다는 게 이런 것이구나!"라는 감탄의 혼잣말을 하였습니다.

몇 번 찍어보고 바로 카메라 가방에 넣고, 저렴한 카메라라도 사서 촬영을 나가자는 생각을 가지게 되었습니다. 100D는 사실 보급기 정도였으니까요.

10월에 햇살론 15의 자격이 되어서 햇살론 15를 신청하고 진행하고 보니 어느새 돈이 입금되었습니다. 기존의 통장 대출들을 다 정리하였지만, 가지고 있는 1~2금융권의 대출 정리는 하지 못했습니다. 한도가 그렇게 풍족하진 않았기에 나머지 대출의 상환도 걱정하지 않을 수 없었기 때문입니다.

도쿄리벤져스의 두 플랜은 대구 스타디움에서(2022년 10월 16일)

- [기종] Canon-Eos-R

렌탈 카메라로 사진가의 준비가 다 되었습니다. EOS R과 RF 35mm 1.8F를 보고 렌탈샵에서 빌렸습니다. 다 아는 것이지만 캐논은 정말 4년 전에 청산했는데 미러리스로 다시 마주하여 쓰게 된 것입니다.

처음 쓰는 것에 제일 스트레스였던 것은 초점 맞추기였습니다. 버튼이 무엇인지 알고 있었지만, 초점이 화면 터치로 되는 것이 있었습니다. 예전에 썼던 DSLR 중급기와 고급기에는 초점을 이동하기 위한 회전하는 스틱이 있었습니다. 그게 없이 버튼과 화면으로 클릭하기에는 처음 쓰는 입장에서는 제법 무리수였습니다.

남자 캐릭터였던 플랜이었기에 강한 느낌을 주는 것을 생각했습니다. 분위기도 조금 어둡고 머리카락이 노란색이었기에 질감이 거칠고 어둡게 나가는 것을 생각했습니다.

화이트밸런스로 보라색 방향으로 조절하고 채도를 조금 낮추고 콘트라베이스를 강하게 주고 역광 쪽으로 서 있게 하여 구도로 주었습니다. 그렇게 주고 나니 과연 색감이 남자 캐릭터의 특성에 맞게 강인하고 힘이 느껴지는 색감으로 나왔다.

야외로 나와서는 살짝 갈피를 잘 잡지는 못했습니다. 그래서

내 마음속의 신을 움직이다 - 조율기록 편

촬영하면서 헤매기도 하였습니다. 961회째 촬영이지만 처음으로 쓰는 첫 캐논 미러리스 사용과 사진을 잡지 못했던 3개월의 공백은 무시할 수는 없었습니다. 그렇지만 무난하게 촬영은 마쳤습니다. 처음 촬영한 초보치곤 무난했습니다.

같이 식사를 마치고 이런저런 이야기를 하며 다음을 기약하며 촬영을 마쳤습니다. 손에 감각이 익숙해지지는 않았지만 그래도 예전의 감성을 조금은 맛보았다는 생각을 하였습니다.

촬영의 끈은 잡고 있었던 것입니다. 비록 카메라와 주변기기들은 다 팔았던 상태였지만, 대여할 수 있는 곳이 있었기 때문입니다. 예전에 서면에서 옹○○렌탈로 인연이 닿아 빌렸던 곳이었는데 지금은 해운대의 ○○렌탈로 이사하였습니다. 예전에 소니 렌즈가 있었을 때는 소니 카메라를 빌려 썼지만 지금은 그마저도 팔아버려 없으니 첫째 누나가 지금으로부터 20년 전에 준 30년 된 렌즈 Canon EF (28-70mm) f2.8 렌즈를 쓰며 촬영을 다녔습니다. 그런데 ○○렌탈에는 빌릴 수 있는 장비가 하나 있었습니다.

그게… 바로 5D MARK 4…!!

오막포를 향한 사랑은 지금도 계속되고 있는 것만 같습니다. 영원의 카메라라고나 할까요?

투 플랜 미쿠, 엘사는 대구의 스튜디오에서(2023년 1월 15일)
- [기종] Canon 7D MARK 2

카메라는 2022년 12월에 팔았으니 카메라가 없는 상태였습니다. 아마 이 촬영은 2022년 11월 즈음부터 약속했던 촬영이었던 것으로 기억합니다. 사실 여러 가지 복잡한 일들이 있었기에 이 촬영을 사실 잊고 있었습니다. 촬영을 할지 안 할지 정말로 불투명했던 플랜이었습니다. 그랬는데 기록되어 있는 대구 스튜디오 출사 기록에 의존해 겨우 약속이 있음을 인지했습니다.

2023년 1월에 은행 독촉에 시달리고 있을 때 우연히 보게 되었을 때, 그때 돈 한 푼 없었던 것으로 기억이 나는데 어떻게 렌탈 카메라를 빌려서 촬영을 갈 수 있었는지는 정말 이유를 몰랐던 때였습니다.

렌즈가 정말 Canon EF(28~70mm) f2.8와 시그마 삼식이로 불리우는 30mm f1.8 단렌즈 뿐이었습니다. 예전에 거래했던 아는 카메라 판매처에서 7D MARK 2를 빌릴 수 있었고 렌탈 가격이 4만 원이었습니다. 없는 살림에 박박 긁어모아도 모이지 않았는데, 그래도 돈을 어렵게 모아 갈 수 있었습니다.

약속했던 날에 소리 없이 대구를 갔습니다. 무궁화를 타고 가니 그리 차비가 많이 들지는 않았다. 촬영은 미쿠와 엘사였고, 7D MARK 2를 잡아보니 대여 기기에 세월감과 그립이나 초점 이동 스틱이 많이 닳아 있었습니다.

　　　　　　　내 마음속의 신을 움직이다 – 조율기록 편

대구 스튜디오에 가서 인사하고 나는 안에 들어가 어떻게 찍으면… 비용과 시간을 들였던 코스튬 플레이어들에게 멋진 사진을 안겨줄 수 있을까 고민했습니다. 내 몰골과 의지는 좀 누추해보였습니다. 그래서 여러 가지 방향성으로 찍어도 보고 고민도 했습니다. 그러면서 방향을 어떻게 할지 생각에 잠기기도 하였습니다.

촬영에 들어갔을 때는 하얀색으로 된 호리즌과 은빛의 가지들과 파란 배경의 선물 벽지를 어떻게 하면 좋을까 싶었습니다. 미쿠 촬영 때는 콘트라스트를 줄이고 채도와 색조를 조금 떨어뜨렸고 엘사 촬영 때는 콘트라스트를 높이고 채도와 색조를 조금 주었습니다.

셔터에서 전해지는 스프링을 통해 찍히는 손맛은 참으로 좋았습니다. 감각이 맛있었고 눈은 휘둥그레지기도 했습니다. 사실 사진 촬영은 한 사람의 한순간의 예술이라는 생각을 가지고 있습니다. 금방 완성되지만 거기에 따른 부수적인 조절값이나 조명… 장소의 영향을 받는 예술의 느낌을 받기도 했습니다.

촬영은 그럭저럭 완성되었고 팀원들과 헤어져 서로 각자의 길을 갔습니다. 무궁화를 타고 내려오면서 쫄쫄 굶으며 왔어도 그래도 약속을 지켜 사진 작업을 한 것에 의의를 두었습니다. 오늘의 배고픔을 언젠간 보답하리라 생각하며 집으로 돌아갔습니다.

대전 ○○과학관의 카캡사 1기,
그리고 가담형설 백매(2023년 4월 1일)
- [기종] Canon 5d mark 4

작년에 촬영을 마치고 한 코스튬 플레이어에게 이야기하길 "내년에 벚꽃 촬영에도 뵈어요."가 순식간에 지나가는 일이 될 것 같았습니다. 돈이 없었기에 훈련비를 2개월 정도 아껴서 ○○렌탈의 5D MARK 4를 빌려 촬영을 나갔습니다. 물론 이분은 촬영마다 내가 페이를 드렸던 분이기도 하지만 작게나마 차비로 이만 원 정도를 봉투에 준비해 갔습니다.

이제까지 선례들은 다 KTX를 타고 대전까지 가는 것이었는데 이번에는 왕복으로 무궁화를 탈 줄은 몰랐지만 그래도 무궁화가 주는 안락함과 저렴한 비용 관련 기대치가 있었기에 그나마 후련하게 타고 대전을 갔습니다.

대전의 ○○과학관에서 코스튬 플레이어를 기다리고 있었습니다.

사람들이 꽤 북적였습니다. 거기는 탁 트여 있었고 인기가 좋은 곳이었으니 말입니다. 간단히 인사하고 촬영 준비를 했습니다. 빌렸던 5D MARK 4는 생각보다 내구성이 좋지는 않았습니다. 대여 기기의 한계일지도 모르지만 초점을 맞추지 않은 카메라와 렌즈이니 라이브 뷰 화면으로 찍는 것이 괜찮겠다 생각했습니다. AI SERVO로 되어 있어서 그렇게 촬영했더니 렌탈치고는 괜찮게 나왔습니다.

내 마음속의 신을 움직이다 - 조율기록 편

준비하신 코스튬 플레이어분의 카캡사 1기 의상은 참으로 설레임이 있었습니다. 그 사람이 마음속의 체리였나 싶기도 했고, 그냥 좋았습니다. 감탄밖에 할 수 없는 사람이었습니다. 감탄만 하는 것은 내가 오랫동안 지켜온 나만의 사진사 철칙이었기 때문입니다.

카캡사는 1기 동복의 최애였기도 합니다. 이 코스튬 플레이어분은 1기 전투복을 처음으로 찍은 분이셨는데 지금 다시 생각해 보아도 내가 이분을 담을 수 있었던 것은 천재일우였다고 생각합니다. 기뻤습니다.

밤이 되어 두 번째 플랜으로 준비하였을 때는 백매를 찍었는데 몇 장 찍지 못하고 관리인에게 딱 걸렸습니다. 그래서 허겁지겁 촬영을 접고 헤어졌습니다. 그냥 헤어지고 이만 원이 든 종이봉투를 건네며 "택시라도 타고 가세요." 했습니다. 분은 도로에서 택시를 잡고 갔고 나는 무궁화를 타고 내려왔습니다. 그러려니 했습니다.

맥도생태공원의 두 사람의 럭키(2023년 4월 2일)
- [기종] Canon 5d mark 4

촬영이 있었습니다. 벚꽃 촬영이 목적이었는데 조금 일찍 도착했습니다. 약속이 오후 1시였는데 오후 12시쯤에 도착해버린 것입니다. 항상 일찍 도착하는 게 습관이 되어서 1시간 일찍 갔습니다. 어느 정도 기다리니 늦는다는 통보가 왔습니다.

그때 내가 기다린 장소가 부산의 삼락공원이었습니다. 부산 맥도 생태공원은 다른 쪽이었습니다. 늦는다는 통보와 함께 나는 내가 있는 곳을 정비해보았는데 삼락공원과 맥도 생태공원은 엄연히 다른 곳이었고, 우습게도 부산사람이 부산의 길을 헤매는 일이 발생하였습니다.

그렇습니다. 미아가 된 것입니다.
그래서 생각보다 어이없게도 늦게 와 준 것에 감사했습니다. 하하⋯.
차편을 알아보니 마을버스가 20분간 순환하는데 기다리는 당시에 도착하는 마을버스가 28분 정도 걸렸습니다. 기다림을 좀 이어가니 좀 더 늦는다고 했습니다.

조금은 멘탈이 나갔습니다. 왜냐하면 오랫동안 기다리는 게 익숙하다 해도 일정 수준 이상을 기다리면 멘탈이 나가는 상황이 벌어지기 때문입니다. 다행히 맥도 생태공원에 잘 도착하였고 그냥 잔디에 누워 있었습니다.

"나는 여기에 그냥 놀러 온 것이다."

자기 합리화를 엄청나게 하고 내 과업이라 생각하고 그냥 잔디에 누워 있었습니다. 잠이 왔습니다. 몇십 분 후에 전화가 울리니 도착했나 보다 싶었습니다. 그냥 별 이야기는 하지 않고 그

　내 마음속의 신을 움직이다 - 조율기록 편

러려니 했습니다. 촬영을 하였고 방향성은 생각처럼 흘렀습니다다. 몇백 회의 촬영 동안 나는 익숙해져 있었던 것입니다. 마인드가 박히니 내 마음은 기계? 아니면 그냥 호수? 철광석? 그런 종류로 단단하게 느껴졌습니다.

좋은 일이라고 생각했습니다. 인내할 수 있다는 것 아닙니까? 상황에 흔들리지 않는 사람이 되었다는 생각이 들었습니다. 그렇게 변치 않는 사람으로 서 있을 수 있었습니다.

마치고 늦은 것에 촬영했던 팀원들이 차를 태워주고 내게 미안한 마음이었는지 패스트푸드 드라이브 인에서 햄버거 세트를 주문해 사주었습니다. 그 자리에서 그 순간 5분도 채 되지 않아 다 먹어 치우자 다들 놀란 얼굴이었습니다. 그리고 나를 내려주었습니다. 내리고 나서 생각해 보니 내적인 수양을 했다고 지금 생각되지만 그 당시에는 '나는 정상적으로 잘 작동되고 있었구나' 싶었습니다.

부산 코믹월드 5d mark 4의 토요일 중백당(2023년 6월 3일)
- [기종] Canon 5d mark 4

아는 지인들의 팀코 사진 촬영으로 인해 부산 코믹월드를 방문했습니다.

○○렌탈에서 5d mark 4를 빌려 갔습니다. 약 3년만에 오는

곳이구나 싶었습니다. 예정된 촬영만 하고 가는 사진사이기 때문에 그냥 돌아다녔습니다.

아침 11시쯤에 코믹월드가 열리는 벡스코를 돌아보았습니다. 아는 사람이 별로 없었고, 느낌도 없었습니다. 그들은 사람이었고 나는 슬로우 모션처럼 움직였습니다. 그렇게 눈에 띄는 사람이 아니지만 움직였습니다.

사람이 많이 바뀌었음을 느꼈습니다. 처음 왔을 때가 2004년, 지금이 2023년이니 벌써 20년 안팎으로 시간이 지났구나 싶었다. 그냥 사람들을 봤습니다. 그냥 보기만 했고, 느낌이 없었습니다. 그러려니 했습니다. 몇 시간이 지나니 촬영 예약한 사람의 촬영을 해주었습니다. 40분 정도 소요해서 200장 근처까지 찍고 마무리했습니다.

그러려니 하고 나왔습니다. 마지막 팀코 촬영이 있는데 조금 지연되었습니다. 그조차도 그러려니 했습니다. 그런데 문득 머리에 현기증이 오기도 했습니다. 왜 왔는지는 모르겠지만 두통에 절여 있었습니다. 파기 문자를 하고 돌아갈까 싶기도 했다. 그렇지만 그리 하지는 않았습니다.

가비지 타임이라는 플랜으로 촬영을 이어갔고 인원이 8명 정도 있었습니다. 시간이 없다는 것을 알기에 일정 배경으로 가서 한 사람당 10분 안에 40장씩 촬영을 뽑았습니다. 단체 사진도 그럭저럭 촬영했습니다. 그러려니 했습니다.

내 마음속의 신을 움직이다 - 조율기록 편

그렇게 헤어지고 사진을 보내주고 마무리했습니다. 별다른 생각을 하진 않았고 지금 내가 생각하기를 나는 그냥 잘 작동되고 있구나 싶었습니다.

대전 스튜디오, 달빛천사와 블루 아카이브의 플랜 촬영
(2023년 07월 01일)
- [기종] Canon 5d mark 4

이때는 돈이 조금 있었습니다. 기록사랑공모전에서 특별상을 받아 30만 원의 상품권을 획득했습니다. 그것과 훈련비를 조금 보태서 스튜디오 촬영을 나갈 수 있었습니다. 내가 페이를 주는 몇 안되는 사람이었습니다. 소중한 사람이라 생각하지만 나의 내적인 어려운 부분에 대해서는 생각하지 않았습니다. 페이를 주는 건 최소한 내가 코스튬 플레이어에게 해줄 수 있는 일이었기 때문입니다. 사진사든 코스튬 플레이어든 내 입장에서 코스튬 플레이어 촬영 열정페이를 고집하는 건 말도 안 되는 일이라고 생각했기 때문입니다.

상대는 시간 맞춰서 왔고 간만에 촬영을 했습니다.

촬영은 달빛천사 플랜과 블루 아카이브 촬영이었습니다.
○○렌탈의 5D MARK 4였는데 역시 예전에 썼던 카메라 이어서 손에 그냥 맞았습니다. 잘 찍었는지는 사실 모르겠지만 제

역할은 잘 한 것 같았습니다.

촬영을 열심히 하다 돈을 보니 지갑이 빈약했습니다. 그 당시에 스타벅스라는 커피전문점의 음료 세트 쿠폰을 가지고 있어서이거라도 한 잔 보내야겠다 생각했습니다. 주위에 스타벅스 커피전문점에서 세트 쿠폰으로 음료를 사 드리고 헤어졌습니다.

그게 마지막 같은 느낌이 들었습니다. 돈으로나 시간적으로서로 여유가 없었고, 접어야 되는 순간이라는 느낌이 많이 들었기 때문입니다. 기약 없이, 다음에 보자는 이야기를 했는데 그걸지킬 자신이 없었습니다.

촬영은 잘 했습니다. 돈이 이제는 다 떨어져 가는 상황이니 이분과의 촬영은 이번 년도에는 아마 매듭지어야 되지 않을까 생각했을 따름입니다.

남을 사람은 다섯 손가락에 꼽을 만큼 남아 있었습니다. 있을사람만 몇몇 있었습니다.
나머지는 블락이 되어 있었습니다. 그럴 수밖에 없었습니다.

운이 좋은지 나쁜지는 모르겠지만 내 사진사의 생활이 엎어졌을 때 그러려니 했는데, 수백 명의 촬영자 중에 남는 사람은 남았습니다. 연락오는 사람은 연락이 왔고 촬영하자고 하고 제안하면 제안을 받았습니다. 그냥 그랬습니다.

내 마음속의 신을 움직이다 - 조율기록 편

상황이나 조건은 변한 게 없었습니다. 내가 순간의 상황에 쪼그라들어서 변하고 말았던 것입니다. 사진사와 코스튬 플레이어는 카메라와 코스프레를 빼면 그저 타인이었습니다.

변한 것은 없었고 흐름이 그리하였으며 그저 망할 일이어서 망했고 언젠간 떠나갈 사람들이라 떠난 것입니다.
내 생각보다 현상 유지가 되고 있었습니다.

종점행 사진사와
사진사의 한계

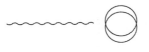

　　　　　사실 고등학교 때나 대학교 친구들은 사귀기
도 전, 투병에 시간을 소모하니 다 떠나버렸습니다. 남은 건 취미
로 만난 사람들 뿐이었습니다. 인정을 받으면 받을수록 나는 엄
격해져야만 했고, 그렇지 않으면 계속 관계를 이어 나갈 수 없고
나 자신이 나락으로 가는 그 부분을 견딜 수 없기에 소규모의 모
임에서나 오프라인에서 지인을 만들지 않으려고 초반에 노력했
습니다. 그러나 이미 그것은 어려운 일이었습니다.

　그 당시만 해도 별다른 생각이 없었습니다. 이미 스트레스나
잡생각들은 자고 일어나면 없어지는 상태였기 때문에 신경쓰거
나 하는 일은 별로 없었습니다. 사람의 만남은 다양하지만 결국
은 헤어지고 다시 만나고를 반복하는 일을 벌입니다. 인연은 깊
게 생각하기보다는 금방 왔다가 떠나가는 것이라 생각했습니다.
　촬영만 보고 사람을 만나는 것이 전부인 사진사가 더욱 깊은
대인관계를 쌓으려 하다니, '그게 어디 있을 수 있는 일인가' 합니

다. 그렇지만 사진으로서 가까워지는 계기가 있었을 때 느긋하게 기다리고 스쳐 지나가는 인연으로 넘기기보다는 '조금 더 긍정적으로 생각할 수 있지 않았는가'에 대해서 이성적으로 생각할 수도 있었습니다.

그 덕에 코스튬 플레이어의 권리를 생각하며 돈이든 기다림이든 물질이든 선물이든 무엇이든지 해두었던 삶은 당연한 것 같이 느껴졌고 받는 이들도 내가 적당한 이유로 받기를 유도했기에 얼마든지 받아 주었습니다. 당연히 거기에 집중되는 모임도 만들어졌지만 깊은 관계로 갈수록 금전이나 정신적인 한계점이 오는 바람에 장기간 유지하기가 어려웠습니다.

항상 내재되어 있는 인식으로는 몇 년 전만 해도 모기 한 마리도 개미 한 마리도 마음대로 할 수 없어, 단내나는 피와 각질을 내어주었던 투병의 때를 생각하게 됩니다. 그때는 아무것도 못했으나 "지금의 나는 사진도 찍고 밥도 먹을 수 있고 가고 싶은 곳을 어디든 갈 수 있고 앉고 서고를 자유롭게 할 수 있으니 얼마나 좋은가?"라는 생각입니다.

그만두게 된 일을 겪으면서 내재되어 있는 심적인 부분과 힘들었던 부분들로 인해 깊은 두통을 앓기 시작했습니다. 생각을 하지 않는 상태였지만, 어딘가 머리가 아파왔고 그 아픈 머리는 금방 나을 것 같아 보였지만 머리를 계속 자극했습니다.

어느 날의 오후 저녁, 번화가에서 무의식에게 무엇을 먹었으면 좋을까 물었습니다. 무의식은 어느 식당 앞에 있는 메뉴판에 멈추면서 손으로 가리켰습니다.

"불낙지볶음, 공깃밥, 소주."

세 가지를 손이 무의식적으로 가르쳤습니다. 해산물을 외식으로 선택해 먹는 게 정말 드물 정도로 먹지 않았는데 불낙지볶음을 가리킨 것이었고, 공기밥을 가리켰습니다. 소주 반병 이상이면 취하고 사실 술 먹을 생각도 없었고 몸에서도 잘 받지 않는데 무의식이 소주를 가리켰습니다.

그렇게 우연히 길에서 예상치 못한 조합을 발견한 것이었습니다. 원래는 머릿속에 밀면이나 1인식 밥상의 삼겹살을 먹으려 했는데 몸에서 불낙지볶음을 먹자고 했고, 아예 생각지도 않은 소주를 손으로 가리켰다는 점이 의외였고, 막상 들어가 보니 공깃밥을 추가해야 할 정도로 밥을 많이 먹었습니다.

그래서 무의식의 선택에 동의하여 그날 불낙지볶음에 소주 반병 정도를 먹었고, 적당하게 술을 마시고 소주를 반병 이상 비우고 나오니 기분이 그렇게 좋을 수 없었습니다. 왜들 다 술을 먹는지 그제서야 다시금 깨닫게 되었습니다. 사실 일상을 통틀어도 내 플랜에는 소주를 먹는 생각 자체가 아예 없었습니다. 해봤자 맥주 한두 캔이었고 해봤자 에너지 음료였습니다. 술을 즐기는 타입도 아니었는데, 술을 먹자고 내 손이 집었던 것이었습니다.

언제까지 먹어야 하는지 물었더니 내일까지면 된다고 했습니다. 그리고 한 병도 다 못 마시기 때문에 몸에 미칠 나쁜 영향이나 중독은 없다고 언급했습니다. 그래서 눈 딱 감고 술을 마시기로 했습니다. 그렇게 해서 그다지 나쁘지 않은 방법으로 점점 스트레스를 물리칠 수 있었습니다. 물론 추후에는 의사와도 상담하여 약물 조절도 하였습니다.

그런데 그다음 날 아침에 일어나서 거울을 본 나는 너무나도 초췌해져 있었습니다. 옛날에 생기 있던 얼굴들은 사라지고 덕지덕지 삶의 고통에 방황한 사람처럼 보였습니다. 안 되겠다 싶어서 다음 날 당장 앞산에 가서 등산을 하겠다고 가족들 앞에서 이야기하고 등산을 시작했습니다.

등산로 코스는 두 가지가 있었는데 계단길과 언덕길이 있었는데 언덕길로만 다녔고 그렇게 5회째 다니다 보니 얼굴에 혈색이 돌고 몸이 가벼워지는 듯한 느낌이 들어 좋았습니다. 등산을 다닌 것 때문인지, 정신이 등산의 걸음걸이를 통해 안정과 조절이 되었을 때 뭔가 느꼈습니다. 나의 아픈 부분과 나의 편집증적인 증상의 원인이 불현듯이 생각이 났습니다. 이번 일을 겪으면서 깨달은 게 있다면 그것이었습니다.

"나는 남을 믿지 않습니다."

그 단어는 내 내면 깊숙하고 아픈 곳에 있는 상황을 설명해주는 데에 충분한 단어였습니다. 지난 저서들에 관해서도 돌이켜

보면 퍼즐처럼 맞아떨어지고 설명되는 것들이 있습니다. 직업 사회 편에서 많은 직장을 가졌지만 정작 사람들과 함께하는 선택을 하지 못했던 경우들이 많았던 것은 어쩌면 남을 믿지 않았기에 그런 게 아니었을까 싶었고, 사진 촬영에서 일반 페이로 돈을 주거나 하며 촬영했던 것도 남을 돈으로 현상 유지를 하려 하지 않았나 싶었고, 존댓말이 계속 나오는 것도 남에게 등지지 않기 위해서 내면을 숨기고 이야기하는 게 아닌가 싶었고, 좀 더 들어가면 패밀리 레스토랑이나 ○○병원이나 나를 조롱했던 사건들 중에서 남을 믿고 행동했다면 결과가 다르지 않았을까 싶었습니다.

그리고 조현병 처음 증세도 환청이었지만, 그 환청에 대한 사람의 믿음이 있었거나 하면 조현병 증세를 가지지 않을 수도 있지 않았나 싶었습니다. 편하게 대할 수 있고 자유롭게 이야기할 수 있는 부분이 있었는데 지나치게 포커페이스로 일관하지 않았나 싶기도 했습니다. 사실 나는 포커페이스를 잘한다고 나 자신이나 타인에게 이야기합니다.

그게 사회 부적응의 형태일지도 모르지만 남에게 마음을 열지 않았다는 사실…….

결국은 남을 못 믿는 부분이 투병 초기부터 이제까지의 과정에 깔려 있었다고 생각됩니다. 그게 사람의 성격이거나 스타일일지도 모르지만 조현의 과정을 걸어오면서 조율의 과정에서 발견한 나의 문제점이 남을 믿지 않는 것이라는 생각이 들었습니다.

결국 조현의 조율은 타인과 함께하고 남과 더불어 살며 자신을 드러내면서 화합하는 현상이 일어나야 건강한 삶을 살 수 있고 함께 성장하는 일이라고 생각하고 싶습니다.

완성의 사진사,
그리고 새로운 시작

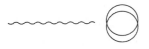

　　　　　　　마지막 촬영으로부터 3개월이 지났을 때였습니다.

　맨날 한 달에 10번 이상은 촬영을 하던 사람이 한 달에 한 건도 촬영을 못하니 좀이 쑤실 수밖에 없었습니다. 그래서 정말 마음 정리를 하고는 싶었지만 할 엄두가 나지 않았습니다.

　집에 보관만 하고 있었던 Canon 400D와 시그마 삼식이가 있었습니다. 잠깐 만져보니 그 상황에서 나는 사진기에게서 조금씩 즐거움의 기대를 찾고 있었습니다. 즐거움의 기대로 초점 맞추고 소소하게 침대를 찍고 보니 내 눈에는 아름다운 결과물이 나와 있었습니다.

　지금까지 쓴 소니의 A7R4나 A7M4이거나 캐논의 Eos R이나 5D MARK 4가 아니었지만 400D로 일상의 소소한 기쁨과 아름다움을 알았습니다.

바로 잠이 들었고 다음 날 아침 일찍 깨어 집에 있던 구형 카메라 배터리를 넣어서 아파트 출입문으로 나왔습니다. 거기에 꽃이 한 송이 있어서 찍었는데, 그렇게 아름다울 수가 없었습니다.

"캬!"

청량한 카메라의 셔터음까지는 아니더라도 충분히 만족했습니다. 거의 20년 이상 되었던 사진기지만 좋았습니다.

아웃도어를 입고 산으로 잽싸게 나갔습니다. 부산 서구에 있는 석탑 약수터로 향하고 카메라를 챙겨갔습니다. 시그마 삼식이 30mm가 초점은 좀 틀려도 환상적인 사진을 제공해주었습니다.

숲에 있는 잎사귀나 땅에 널려 있는 돌멩이와 구름다리의 튼실함이나 물이 흐르는 모습들은 색채의 영감을 원 없이 안겨주었습니다.

10분에 5컷씩 걸으면서 찍었습니다. 그렇게 걷고 걸으니 석탑 약수터까지 금방 갔습니다. 약수터에서 인내로 쌓아 올린 돌탑과 하늘과 바람의 흩날리는 잎사귀는 추상적인 생각을 하게 만들었습니다.

가만히 멀리서 보고 있던 석탑의 터줏대감인 고양이 한 마리가 옆에 와서 나를 구경했습니다. 별 모션을 취하지 않는 녀석이었지만 카메라를 가져가다 셔터를 누르니 자신이 눈을 질끈 감으며 고양이 눈키스를 해주었습니다.

예전에 셔터가 눈을 깜빡이는 걸로 고양이가 알아보고 인사해 준 것으로 생각됩니다. 그리곤 홀연듯이 탑을 올라가서 나를 내려 본 다음에 어디론가 사라졌습니다.

아쉬움을 남긴 만남이었지만 괜찮았습니다. 이미 선택받아서 고양이 사진을 찍고 남길 수 있었으니, 기존의 코스프레 사진사에서의 막은 점점 뒤로 간다면 이제는 진지하게 제2막인 풍경과 동물 사진으로도 황홀하게 촬영할 수 있는 사람이 되기를 기대해 봅니다.

촬영에 대한 생각

위의 조율과정의 취미에서 이야기했던 모습을 기반으로 글을 써봅니다.

운명론자라 생각하고 지낸 지는 몇십 년이 채 되지 않았습니다. 마음에서는 하나라도 더 내 것을 주는 것을 당연하다고 생각했습니다.

나의 사진사 철칙이 있다면 여자든 남자든 코스프레가 예쁘다는 이야기를 하지 않습니다. 퀄리티가 좋다는 이야기를 할 뿐이지, 외형으로 사람을 판단하는 것이 실례가 된다고 생각하기 때문입니다.

그 순간에서는 항상 최선을 다했습니다. 어떻게 움직이는지 시선 처리에 대해서 어드바이스할 때가 있지만, 대체적으로는 타인에게 간섭하는 것을 극히 꺼립니다. 촬영이 1년 이상 되지 않고 몇 번 되지 않았다면 촬영만 하고 바로 갈 길을 갑니다.

코스튬 플레이어에게 맞추는 상황은 필수로 지켰습니다. 택시비는 이야기가 없으면 일체 내가 냈고, 코스튬 플레이어가 부산이나 서울에 가서 촬영하고 싶다거나, 촬영 제안을 하게 된다면 기차비 전액을 다 냈던 편입니다. 스튜디오 비용도 n분의 1로 나누는 경우가 있지만 다수의 코스튬 플레이어에겐 그조차도 받지 않았습니다.

이러한 것이 가능한 게, 신용카드로 할부 결제를 합니다. 십만원의 비용을 10개월 하면 만 원 내에서 해결할 수 있습니다. 그렇기에 기차비 전액 결제가 그렇게 아깝게 느껴지지 않습니다. 위의 팀들도 스튜디오 비용이나 기차비 등등을 전액 받았던 적이 있고, 당연하다는 생각을 가지고 있습니다. 코스튬 플레이어가 코스프레를 위해 피나는 노력을 하는 것을 알기 때문입니다.

몇십 번, 몇백 번을 하고도 계속 촬영을 다녔고, 밥값이나 교통비도 내가 다 냈습니다. 아깝지는 않았습니다. 빚을 지는 상황 속에서도 계속 촬영을 나갔고, 약간 사진이 전부인 듯한 것처럼 돈을 쏟아 부었습니다. 코레일에서 할인 쿠폰을 줄 정도로 많이 기차를 이용했습니다.

그렇게 몇 년을 해오고 5년 이상의 교류를 맺는 사람들이 생기면서 사진사의 엄격함은 느슨해지는 시간이 왔다고 생각했고 항상 최선을 다했습니다. 항상 코스프레 사진사로서 고민했고, 촬영에 긴장하는 것은 당연했습니다. 사진만 잘 나오면 웃는 사람이었고, 새로운 것을 발견하면 기쁨으로 빛날 사람이었고, 그러하였습니다.

이번 일로 인해서 이야기할 수 있는 것은 "망할 운명이었으면 진작에 망해야 합니다."입니다. 나는 망할 것 같은 순간들이 있었다고 생각합니다. 망해야 하는데 너무 오래 있었다고도 생각합니다. 그저 몇몇의 교류만 하는 것이 이상적이라 생각하였습니다.

남은 것이 그리 많지 않았습니다.

후회는 없습니다. 그저 오늘도 살기 위해 살아남는 일을 찾을 뿐입니다. 다시 이야기하지만 타격이 커 망하는 게 운명이라면 망해야 합니다. 책임질 일이 생기면 책임을 져야 합니다.

현재 나는 그런 각오를 하기 때문에 한 것이고 각오하지 않으면 하지 않습니다. 상대도 각오가 되어 있기 때문에 했다고 생각합니다. 이번에는 "책임질 일만 합니다."로 이야기를 마무리짓겠습니다.

7장

다 하지 못한 이야기

　　　　　화를 몇십 년째 한 번도 내지 않은 일을 갱신
하고 보니 차분한 마음으로 약을 복용해도 미동하지 않는 정신이
되어 있었습니다. 그 상태로 내면에 자리 잡은 편집-조현병의 발
생 원인에 대해 생각해보았습니다.

　밝히기 전에 한 가지 이야기하자면 양성적인 증상이나 괴로운
증상 또는 나쁜 말이 도는 현상들의 시작은 치료 시기에 있어서
는 약물의 부작용일 수 있겠지만, 그것은 바로 '분노'가 만들어낸
본능-본성에서 시작된다고 생각합니다. '분노'는 인간의 본성-본
능 중에 하나고 망상이나 생각과 행동은 자연스럽게 나온 본능에
서 나오는 분노이며 이 계기 때문에 사람들이 본성-본능에 충실
해 고성이나 욕들을 쏟아내는 것이라 조현 행동을 지적하고 있습
니다.

　'본성-본능'에서 출발하고 소위 '사회성'과 밀접하게 연관을 가

지는 것을 생각해보면 어쩌면 과몰입이나 과부화의 영향이 있었기에 가능한 일이 아닌가 싶습니다. 대체로 자신의 감정을 가지기 벅찬 상황들과 여러 가지 환경적인 요인들이 얼마 되지 않은 나이에 일어나는 가능성을 제공하였다고 한몫을 했다고 봅니다.

'본성-본능'에서 나온 분노에 과몰입해 소화되지 않아서 도파민 분비가 활성화되었다는 이야기를 하고 싶습니다. 어찌 보면 우리는 진화에 대한 이야기를 하지만 이것조차도 자유롭게 가르쳐주시는 분들이 별로 없습니다. 우리가 처음으로 시공간이라 정의한 최고의 존재로 판단하였고 영적인 부분에 대해도 생각이 뻗어나갔다고 생각할 수밖에 없습니다.

그래서 성장 단계에서 지극히 당연한 흐름을 보였지만 그걸 바로 잡아줄 수 있는 방법이 약물 치료이니 이 부분에 대해서는 환자가 납득할 수 있는 범위로 진화론을 이야기한 것이고, 납득할 만한 이야기 내용이 있어야 납득하는 현대사회의 형태로 말미암아 그래도 자신이 왜 이 증상에 걸렸는지는 알아야 할 것 같다는 생각을 합니다.

조현병의 구조에 대해서도 생각해보니 도파민 증가는 실제로 느끼기에는 빠른 생각의 회전입니다. 자신이 실제로 평균으로 절제하기가 어렵습니다. 과한 행동도 있었고, 타이밍에 맞지 않은 행동들이 더러 있었습니다. 제 증상에 대해 여러 가지를 생각해보니 약을 먹으면서 느릿하게 생활하다 어느 순간에 병이 호전되면 그간의 쌓아두었던 경험을 가지고 꾸려나가야 하는 것입니다.

내 마음속의 신을 움직이다 - 조율기록 편

그렇지만 책에 관련한 내용들을 실천하려면 신경정신과에서 주는 약을 받아서 꾸준히 먹고 유지치료를 계속하는 상태여야만 그나마 도움이 되고 가능합니다.

약의 투병은 조현병을 겪으면서 생긴 경험치로 병을 이겨내어 한 단계 도약해야 나을 수 있습다고 결론을 맺고 싶습니다. 무려 20년간 이러한 결론을 내기까지 책을 기술하는 것으로 생각해보면 언어적인 표현을 쓰고 노력하여 많은 생각을 심으면서 낸 결과입니다. 그러한 것이기 때문에 이 병을 '함께하며 경험으로 극복하는 정신적 질병'이라 정의하고 싶습니다.

진화는 그런 것입니다. 경험을 가지고 호전되어 약을 점차 줄일 수 있을 때 행동하는 방법입니다.

초자연적인 정신적인 현상이나 자극적인 행동의 절제는 어쩌면 저절로 할 수 있는 부분은 아니었습니다. 쉽게 나을 수 있는 방향의 병은 아니었기에 많은 이들이 지금까지도 고통받았다고 생각합니다. 경험으로 자신의 노하우를 만들어 남은 생을 이겨내는 것이 이 병이라는 결론을 내리려고 합니다. 그리하여 결국은 정형화된 수치의 정신세계가 아닌 그 이상의 마음을 키우고 고르는 시간을 만들어 쓸 수 있는 것입니다.

사실 세 권의 조현병 수기를 쓰면서 강하게 느낀 것이 있었습니다. 지난 일들을 돌아보니 확실히 조현병은 그 자체가 난해하고 치료하는데 시간이 많이 소요되며 무언가 알 수 없는 병이었습니다. 나는 예상했던 결과를 내는 것으로 마침표를 하려 했지만, 뜻밖의 상황들이 내용에 대해서 경계하는 바 없지 않았지만 솔직히 이야기하자면 아래와 같은 처음의 결말보다 다른 의도의 방향성을 띠게 되었습니다.

과거에 제가 생각한 저의 책의 메시지는 "조현병을 앓고 어려운 일들을 겪으며 힘이 들었지만 죽을 힘을 다해 많은 곳에 지원하고 많은 직업들을 경험하며 병에 대해 잘 알게 되니 내 힘으로 비로소 병을 낫게 되었고 정상적으로 생활하게 되었다."는 결말이었습니다.

그렇지만 그리되지는 않았습니다. 대신 몇 가지 새롭게 깨달은 방향성에 대해 이야기할 수 있게 되었고 스스로 병에 대해 판단할 수 있게 되었습니다.

현재 제가 내린 책의 메시지는 "조현병을 앓고 의사에게 치료받으며, 궂은일을 당해서 어려운 방향으로 가야 했다. 결말을 알수 없는 곳에서 사람과의 마찰이나 힘든 여정을 겪었다 생각했는데, 각박한 사회에서 직업으로 떠돌다가 끝내 빚을 지며 나락까지 가 버렸지만, 그 뒤에 새겨진 기록들을 돌아보니 결국은 사람과 함께, 이 세상은 더불어 살아가는 의미를 깨우치게 만든 병의 결과의 길이었다. 어려운 우여곡절이 있었지만 끝내는 사람들과 함께하는 삶이었고 길에 대한 방향성은 자신이 정하는 것이었으며, 인생의 구석에 몰리는 절벽에 다다르는 일들이 있어도 서로 화합하는 것이 이 병에 부여된 가려져 있는 인생의 뜻이라는 사실을 깨닫게 되었다."입니다.

중중 장애인의 조현병 투병 수기는 집필하는 저자조차도 예측하지 못한 결론을 내었습니다. 그리하여 진화하는 과정이라는 조현병 환자의 노력과 경험이 새로운 자아실현을 할 수 있고, 혐오받아야 하는 존재가 아니라는 것을 당당히 이야기하고자 하고 또 다른 결론이 나올 수 있는 병이라고도 생각하지만 지금 제가 드릴 수 있는 결론은 현재의 여기까지 왔습니다. 당신이 혼란스럽다 생각할 때 마음으로 치료받을 수 있는 방향성이 있고 지금을 함께하는 저자, 신진행의 병의 결말을 낸 마무리, 그리하여 현행화된 조현병 환자의 감동 수기인 『내 마음속의 신을 움직입니다 — 조율기록 편』을 매듭지으려 합니다.

이 책으로 제가 글을 쓰는 수준까지 오실 수 있다면 정말 많은 도움이 되었겠지요. 세 권으로 조현병으로 조언할 것은 제가 쓸 수 있는 부분의 마침표를 찍을 수 있겠습니다. 그래서 항상 이야기하는 것이 있다면 다음과 같습니다.

"상황에 따른 선택을 잘 해야 합니다."

항상 뼈저리게 느낍니다. 수기를 찾는 독자님이 계시다면 참고해주십시오.

현재를 사는 이 시대의 초월

이번 마무리로 신진행이 무의식에서 얻은 정보나 경험 내용들을 추출하여 정리해서 '현재를 살고 있는 우리'라는 주제로 이야기해 보려 합니다. 어쩌면 지나치거나 잊고 있었거나 과거가 계승하지 못했던 부분의 한 틀일지도 모르는 이런 이야기가 실제로 도움이 될지는 모르겠지만, 이제 이러한 내용들을 공유해도 될 것 같고 여러 가지 이야기가 있는 내용이기에 마무리로 써봅니다.

정신적 과정의 고통으로 겪는 일들은 두통을 동반하고 정신을 교란하는 부분이 있습니다. 그 부분은 혼란밖에 없는 일이지만 마지막에 정신적인 혼란 부분이 해결되고 끝나게 되면 평온하고 잡념이 없는 경지로 간다고 보입니다. 그러한 일들이 반복적이거나 장기적인 부분으로 가게 되면 기존의 사고를 정리할 수 있고 깨달음의 마음에 한 걸음 더 가게 되는 것입니다.

사주팔자가 이르길 나의 사주에는 신기가 있나 봅니다. 보는 점쟁이나 철학원 선생님이나 타로 마스터들이 한결같이 당신에게 신기가 있다고 이야기하니 말입니다.

'신기를 타고 났다'고 주위에서 이야기하는 저자의 조현병의 증상을 말하자면, 환청이 대표적인 이야기인데, 환청이 신의 말씀이라 합리화되는 경우가 있습니다. 그렇게들 알고 있고 그렇게들 대처해왔습니다.

그러나 내 무의식의 의견은 다릅니다. 이건 무의식의 의견이지만 환청으로 들리는 소리가 직접적이고 탁한 지지직~ 거리며 다가오는 헤르츠 보폭이 적은 50~100hlz라면, 신의 말씀 같은 경우에는 안정적이고 자세히 들리지 않는 높은 수준의 전파 같다고 이야기하고 싶습니다. 정말 집중해서 들어야만 들리는 소리 말입니다.

사실 이렇게 이야기하는 것은, 목소리가 제각각 낮은 주파수와 높은 주파수 둘 다 함께 들렸던 때가 있었기 때문입니다.

뭔가 설명하고자 하는 근거를 이야기하자면, 신기라는 것은 상대방의 무의식에 관련된 목소리인 것이라 생각합니다. 무속인의 신을 알아보는 원인과 원리는 아는 바 없지만, 어느 정도 촉이나 감각이 숙달되고 안정되었을 때 그들이 듣는 목소리는 고요한 곳에 물 한 방울 떨어지는 고요함으로 다가온다고 생각합니다. 신이라 칭한 상대방의 목소리라는 것은 심적으로 교감이나 질문을 하면, 그 생각이 타인의 목소리로 고주파 형식으로 아주 깊고 가

늘게 답변하는 것 같이 들립니다.

생각하며

빚을 독촉받았던 당시 어느 직장에서의 면접을 치른 적이 있습니다.

그 당시 면접에 대한 전략이 없었습니다. 임기응변으로 대처하면 되리라 생각했지만 몰랐습니다. 그래서 한번도 보진 않았지만 내가 심적으로 실제 답변을 받을 수 있도록 적응된 상태에서 그 면접장의 사람을 떠올리며 답을 물었습니다.

"나는 이런 상태로 하면 합격이냐?"했더니 "불합격일 수밖에 없습니다."는 대답을 하였습니다.

그래서 전략을 어떻게 짜야 붙는지에 대해 물었더니, "딱딱한 이야기가 아니고 사례를 들어서 면접을 보고, 여성과 관련된 이야기를 하면 붙는다."라고 했습니다. 그리고 "사적인 대화 쪽으로 끌고 가면 확률이 높다. 나머지는 네가 대처할 수 있는 질문들이 나오기 때문에 걱정하지 않아도 됩니다."라고 했습니다.

그래서 단시간에 어드바이스 받은 바를 활용하여 면접에서 전략을 짜서 면접을 보았습니다. 면접은 무언가 매뉴얼이나 조언이 있어서 내가 하고 싶은 말은 다 했습니다. 그러면서 상상했

내 마음속의 신을 움직이다 - 조율기록 편

던 담당자의 목소리로는 "역시, 붙을 수밖에 없었구나."라 하였습니다.

지원한 회사는 4:1의 경쟁률이었고, 대학교 산학협력관 일반 전형 면접이었습니다. 올라온 4명은 범상치 않은 스펙을 가지고 있었을 것 같아서, 보통 아니면 붙기 힘들다고 생각했습니다. 무리수를 던지긴 했지만 그래도 잘 보고 나왔습니다.

핵심적으로 주고 받았던 말이 전화 받는 입장이 된다면 학교의 얼굴이 되어 전화를 받기 때문에 전화 업무의 중요성에 대해 예시를 들어 설명했고, 여성과 관련된 이야기는 "힘든 직종에서 일하는 여자친구가 지금 보고 있는 면접을 같이 봤으면 좋겠다."라는 뉘앙스의 말을 했습니다.

다른 질문으로는 학점이 낮다는 것과 경력이 제각각인 경우를 지적받았고, 경력에 대한 설명들을 부탁했습니다. 학점이 적다는 것은 예전에 취업 코칭 받을 때, 자신감을 어필하면 붙는다 해서 대학교 시스템에 적응하지 못함을 예시로 들었고, 경력이 제각각인 경우는 여러 군데 단기간의 공공기관 사무에만 지원하였다고 설명했습니다. 그렇기 때문에 채용 기간이 짧아도 항상 나는 도전한다는 이야기를 했습니다.

그러나 결과적으로는 4:1의 경쟁률에서 불합격하고 말았습니다.

위의 사례처럼 어디선가 내면에서 깊은 소리로 고주파가 쏟은 것 같은 목소리로 어드바이스를 받은 바 있습니다. 그 말은 두서가 없지 않았고, 이성적이었습니다.

병으로 치부되는 조현병의 환청은 낮은 곳에서 직접 때리는 목소리인지라 머리가 어지럽고 힘들었는데, 내면의 소리는 부드러웠고 이런 소리를 듣게 되면 오히려 뇌가 편안함을 느끼게 되었습니다.

무엇이든지 자기가 하고 싶은 말이 있다면 명분이나 상황, 그리고 자신의 능력적인 부분을 갖추고 이야기해야지 자신의 말을 들어주고 경계해야 할 사람 취급을 받지 않습니다. 예시를 들어본다면 나는 조현병을 가지고 있는데 같이 일하던 동료가 나를 가지고 험담을 했다고 치자면 그 이야기를 의사나 가족에게 동료가 험담했다는 이야기를 하면 "이 사람이 병적인 증상이 났구나."라는 생각만 할 뿐입니다. 설명하는 데 힘을 쏟는 사이에 집착만 생기기 때문에 그건 현명하지 않습니다.

만약 누군가가 나에 대해 부정적으로 이야기했다고 해서 과민반응을 하면 역효과만 부르게 됩니다. 차라리 이런 생각으로 임해야 합니다. 그게 병이었는지 진짜 그런 이야기를 했는지는 모르는 일이기에, 듣고 나서 "나중에 내가 병이 나아지면 꼭 정상적으로 물어보자." 하고 마음먹는 것입니다. 그 당시에 대놓고 물어볼 수도 있겠지만 그것은 오히려 의심스러운 상황을 우리가 만들게 됩니다.

내 마음속의 신을 움직이다 - 조율기록 편

정신이 불안정하다면 쉬며 회복하길 권유하고 차차 밝혀지는 때가 있다고 생각하며 지내야 합니다. 뒷담화에 대한 의미는 과도한 도파민의 분비이기에 도파민이 조절되면 자연히 물어보지 않아도 잘 지낼 수 있게 됩니다.

사실 몸과 마음이 사람들에게 신뢰를 줄 수 있고 무언가 그 말에 대한 명분이 서야 잘 물어볼 수 있습니다. 갖추어지지 않은 상태에서 근거 없는 이야기를 하면 아무도 믿어주지 않습니다. 내가 조금이라도 역량을 갖추고 어느 정도 나의 말을 믿어주고 같이 빌어줄 사람이 필요로 한다면 이 병의 본질에 대해서 알게 되지 않을까 싶습니다.

무의식과 의식의 매듭

　　　　　이번에 낸 조율기록은 상상하는 것을 실현시킨 저자가 장인 정신을 가지고 쓴 책입니다. 이러한 책을 내면서 곁에서 뭔가 많이 이야기했다고 생각하지 않지만, 세상에 도움되는 일들과 초기 정신 과정의 사례에서 조언하고 미래를 지켜줄 수 있는 능력을 위한 책입니다.

　많은 저서를 썼지만 이번 책은 공들여 심혈을 기울여 썼습니다. 일반인들도 이 책으로 정신질환자의 망상의 끝을 알 수 있을 것입니다. 많이 노력했습니다. 보면서도 힘든 순간이 있었지만, 그 순간들은 이미 정해놓고 있었고 각오하고도 있었습니다.

　뜻밖의 일들이 일어나면서 할 이야기가 많았지만, 결국은 지침서가 된 느낌도 조금 받았습니다. 저자가 어려운 상황에서도 포기하지 않는 마음으로 끝까지 썼습니다.

　이 책이 마지막이 될지도 모르지만, 결국은 정말로 신이 움직였다고 생각합니다. 그래서 신처럼 누군가가 도와준 것 같은 느낌을 받은 것입니다. 이 책이 신으로서의 활약했으면 합니다. 사실 첫 책을 쓸 때보다 두 번째 책이 나왔고 세 번째 책은 무의식의 이야기처럼 장인 정신을 가지고 시간을 두고 심혈을 기울여 쓸 수 있었습니다.

의사가 항상 하는 말이, "진행씨는 관리가 잘 되고 있으니 약을 잘 먹고 자기 몸을 챙기세요."라는 말을 합니다. 관리가 되지 않거나 음성적인 행동이 아닌 양성적인 행동의 사람들에게도 희망을 주고 싶었습니다.

이 책은 제 경험이기 때문에 투병 초기거나 책을 읽을 수 있는 의지가 있는 사람이면 얼마든지 접할 수 있습니다.

기록하는 사람 입장에서는 모든 기록을 실을 수는 없었습니다. 제약도 있었고 무엇보다 주변의 정체성과 사회의 지향점을 찾아 책을 내야 하는 것입니다. 그래서 그런 부분을 지키면서 책을 냈습니다.

후련하게 할 이야기는 다 한 것 같습니다. 나중에 사례별 묶음이나 조현병 관련 조언들만 따로 빼서 묶음으로 책을 내고 싶긴 합니다. 아니면 세 권의 책에 쓴 조언이 필요한 자도 있을 수 있습니다. 가족들은 조현병 관련해서 조언만 필요할지도 모르기 때문입니다.

생각하며

글을 쓰면서 느끼는 것이지만, 이러한 책의 집필 내용은 방향을 잘 잡아야 한다고 생각합니다. 그 이유는 조현병 환자가 저자가 되어 당사자가 직접 경험적인 부분을 적는 것이기에 어떻게 보면 뜻밖의 이야기들을 알 수 있을 수 있겠지만, 지금은 '투병집'의 문체가 '망상집'이 될 수 있겠다는 생각도 하게 됩니다.

그럴 수밖에 없는 것이 지금의 원고는 대부분의 내용이 증상 관련한 컨설팅 내용들로 구성되어 있습니다. 방향성도 제가 잡고 일일이 원고를 필기하며 내는 것이기 때문이죠.

그렇지만 '망상집'이라 가정한다면, 나는 조현병 환자가 직접 집필한 책도 필요하다고 여깁니다. 제가 모르는 사회복지사나 의사분들께서 배우시는 조현병의 지식과 비슷한 사례도 있겠지만, 아닌 사례도 있을 수 있을 것입니다.

그래서 이러한 기록이 만약 '망상집'이라면 그 책에 걸맞는 역할은 충분히 했다 생각합니다. 도움이 되는 기록이라면 더욱 기쁘게 썼다고도 생각할 수 있겠습니다.

은반지 개운법

01

우리 일상에 말로 상처받거나 인정을 못 받아서 풀이 죽거나 힘들고 고통스러운 순간들이 있습니다. 몸의 상처는 약품이나 치료 등으로 나을 수 있지만 마음의 상처는 명상이나 힐링 되는 생각이나 차분한 상태의 유지나 수면 등등의 치료가 있습니다.

그렇지만 내가 발견한 게 있었는데 은반지 개운법입니다.

은반지 개운법은 내 사주에 사주팔자 오행 중에 금이 없어서 그 당시 저렴한 은반지라도 끼고 싶다는 바램에서 시작되었습니다. 은반지는 연구원에 다녔을 때 하나씩 사서 모았고, 액세서리 가게나 소매상이 아닌 도매상에서 하나에 삼만 원 정도 꾸준히 구입해서 모았습니다. 그게 열 손가락에 다 낄 수 있도록 반지를 모으게 되었습니다. 삼만 원 치고는 생각보다 굵은 편입니다.

은반지로 개운할 수 있는 게 있습니다.

마음의 상처, 불안함, 폭언, 우울증, 집착, 약간의 성격 교정, 인내력 상승, 무서움 등등을 방비할 수 있는데 원리는 은반지에 있는 기운이 정리의 속성을 가지고 있다고 무의식적으로 입에서 이야기했습니다. 원래 정화가 맞는데 정리의 속성이라니? 무슨 뜻일까요?

은반지는 오행을 증폭시키는 역할이나 차단하는 역할도 있다고 합니다. 과하게 하지 않는 부분이 포인트이며 그러면 어떤 원리로 은반지로 개운할 수 있는지 써보겠는데 잘 알아둡시다.

02

목(엄지)
화(검지)
토(중지)
금(장지)
수(약지)

내 마음속의 신을 움직이다 - 조율기록 편

오른손이 나(자신)이고 왼쪽이 상대방입니다.

마음의 상처: 토-금-수(손 양쪽에 장착)
행동 및 효과: 은반지를 끼고 20~30분 정도 차를 마시고 클래식
한 음악을 들으며 바람을 쐬면 상처가 나아지는 효
과를 기대할 수 있습니다.

불안함: 화-토-금-수(손 오른쪽에 장착)
행동 및 효과: 은반지를 끼고 집에 가만히 대기하고 움직이지 말
고 누웠다가 10분에서 20분 정도면 불안함을 희석
할 수 있습니다.

우울증: 목-화-토(손 양쪽 중 한 곳에 장착)
행동 및 효과: 은반지를 끼고 손으로 가슴을 쓸어내리며 차분히
호흡을 합니다. 가슴이 흉부 쪽 페이드로 마사지해
주듯이 쓸어내린다. 15분간 호흡을 유지합니다.

집착: 화-토-금(손 양쪽 중 한 곳에 장착)
행동 및 효과: 엄청나게 피곤이 몰려온다고 생각하고 하품을 크
게 한 후에 집에 머물면서 가만히 명상을 하면 저절
로 수 시간 내 사라집니다.

활발한 성격 교정(차분해지게): 목-금(오른손에 껴야 함)
행동 및 효과: 집중력이 흐트러지도록 무언가 생각을 복잡하게
해보라. 10분 즈음이면 차분해질 것입니다.

차분한 성격 교정(활발해지게): 화-토-금(왼손에 껴야 함)

행동 및 효과: 다툰 상대가 있다면 상대에게 성심을 다하십시오. 그 대상이 기뻐할 것입니다. 10분 내로 화해할 것 같습니다.

인내력 상승: 수(왼쪽에 껴야 함)

행동 및 효과: 가만히 있는 시간이 증가할 것이고 지속적으로 끼면 효과를 봅니다.

무서움: 목-화-토-금-수(오른쪽에 껴야 함)

행동 및 효과: 하루 정도 끼고 있으면 무서움이 싹 사라지며 다시 빼면 무서움이 올라오기에 무서운 일이 없어질 때까지 끼는 걸 추천합니다.

외로움: 목-토-금-수(왼쪽에 껴야 함)

행동 및 효과: 30분 이내로 가라앉으며 외로움이 더 침범하지는 않더라도 계속 껴야 한다고 해서 더 좋아질 수 있지만 그러지 않습니다.

03

환청 초기(발병 후/5~6개월) 조현병: 목(손 양쪽에 장착)

원리: 목의 기운을 정화 및 정리함으로써 사람과의 관계에 대한 의미를 더더욱 깊이 새기는 마음이 샘솟는 부분이 조현병

악화를 방지하고 늦출 수 있고 약을 어느 정도 치료로 먹으면 나아집니다. 약 복용기준은 1년 미만입니다.

환청 중기(발병 후/2년 미만) 투병자: 목-토-금-수(손 양쪽에 장착)
원리: 환청의 맛을 이미 보았고 사회생활이 어눌하고 기분이 좋지 않습니다. 화를 꺾게 하여 조현병의 근원인 환청에 대한 사상을 억누를 수 있는 걸 봐야 하며 병으로 투병하고 약을 먹는 중이라면 꾸준히 약을 3년간 먹으면 원 상태로 돌아올 것이라 합니다.

환청 말기(발병 후/2년 이상) 환자: 수(손 오른쪽에 장착)
원리: 2년 이상 지나면 은반지로는 손을 쓸 수가 없기 때문에 조현병의 편집이나 망상 증상이 희미해질 수 있도록 발병을 낮추기 위해 낍니다. 말기는 신약을 기대하거나 꾸준히 정상적인 사고를 하며 사고가 높아지고 유연해지는 경지로 갈 수 있는 길이 열립니다.

신내림 억제(발병 후 3년쯤): 목-화-토-금-수(손 양쪽에 장착)
원리: 신이 모든 오행을 다스리기 전에 신 보다 더 힘을 가지고 움직일 수 있는 것인데 이 방법은 모든 신에 해당하지 않습니다. 억제일 뿐입니다. 가능성이 있지만 도전할 수 있는 사람만이 도전하면 됩니다. 금반지를 껴도 되며 이게 통하는 사람은 신이 어느 정도 자애로운 마음으로 놔줄 수 있는 사람입니다. 신내림 기운이 없어지는 것을 알 수 있다면 자연히 낫게 되고 헛것은 보이지 않는답니다.

04

은반지는 사실 예로부터 정화의 성질을 가지고 있고 때로는 영적인 능력이나 힘을 빨아드리는 성질이 있습니다. 사주 상의 오행을 조절할 수 있는 기능도 있고, 특수한 마력이 담긴 신물이긴 합니다.

그래서 무속이나 신앙에서 많이 쓰이는 도구 중 하나이기도 하며 일반 사람들이 과도하게 착용하면 현기증이나 기운이 빠지거나 하는 현상을 경험하게 됩니다. 기를 빨아드리는 역할도 하기 때문에 웬만해서는 기존에서는 드러나지 않았던 성질로 조용히 있습니다.

그렇지만 사람의 기를 바로 잡아주고 오행의 기운잡이에는 훌륭한 역할을 한다고 생각이 듭니다. 모든 오행의 반지를 모아 끼는 것에 익숙하니 속박되는 느낌을 지울 수 없지만, 함부로 화를 내지 않고 무의 속성을 가지며 사람들을 대할 수 있습니다.

언어적인 발음이나 대화에 대한 능력도 일취월장으로 능숙해지니 사람들에게 환영받는 것도 있긴 합니다.

세 번째 책에 실었던 것처럼, 뭔가에 씌어 있었던 욕망이나 탐욕 같은 부분은 가운뎃손가락에 은반지를 끼면서 날려버릴 수 있었던 것처럼 은반지의 활용성에 대해서 다시금 보게 되기도 하였고 높게 평가할 수 있게 되었습니다.

조용하고 잠잠한 챕터로 넘어오면서 얻은 은반지, 어느 정도 익숙해지는 단계가 오면 유연하게 행동력을 끌 수 있는 고대부터 내려오는 신기의 도구로 이야기해야 할 듯합니다.

　거듭 힌트를 준다면 신기의 도구이므로 일반인의 이상 수준으로 들어섰을 때 끼면 효과가 많을 것으로 사료된다고 생각됩니다.

은반지 속성에 대한 경험

은반지와 사주팔자의 관련성에 대해 이야기하고 싶습니다. 한 예시로 내 아버지와 나는 어렸을 때 아버지에게 많은 훈육을 받고 자란 아들입니다. 그러한 훈육이 긍정적인 것도 있었지만 부정적인 것도 있었습니다. 점점 성장하면서 아버지에게 짜증이 나는 경우가 발생하게 되었는데, 이것이 고쳐지질 않았습니다. 원래 성격상에나 아니면 과거의 일들에 나의 분노라 생각하였지만, 최근에 그것들을 고칠 수 있었는데 바로 직업사회 편에서 언급한 은반지입니다.

사주팔자를 참고해보면 나는 금이 없는 사주팔자라 되어 있습니다. 그러면 금 액세서리를 끼면 되지만 대체품으로 은 제품도 괜찮다 합니다. 그렇지만 은 제품은 어떤 비밀스러운 속성을 가지고 있습니다.

남포동 사주 타로집 예당을 자주 가는데 거기에 사주를 보는

내 마음속의 신을 움직이다 - 조율기록 편

선생님께서 "은 제품은 기운을 누르고 정화하는 속성이 있습니다."라고 하셨습니다. 그래서 끼게 되면 특정 오행을 누른다 조언을 하셨습니다. 또 다른 이야기로는 '금' 제품은 오행을 강하게 해주는 기운이 있다고도 이야기 주셨습니다.

첫째 손가락은 목(木)이며, 둘째 손가락은 화(火), 셋째 손가락은 토(土), 넷째는 금(金), 다섯째 손가락은 수(水)라 하셨습니다. 그래서 내 수(水) 기운을 치는 토(土)에 낄 것을 이야기 주셨습니다.

사주의 오행(五行)에 대해 아는 바 있기에, 은반지를 조금씩 사놓았습니다. 그리고 선생님께서는 저에게는 화과 토의 기운이 강하기 때문에 억누를 필요가 있다고 이야기하셨고, 또한 소모시키는 속성이 있기 때문에 앞에도 한 번 껴보려고 하였습니다. 그리고 사주에는 백호살이 있었는데 그것도 은의 속성으로 정화시킬 수 있다 하셨습니다.

그 결심을 하고 난 어느 날 굵은 은반지를 사서 첫째와 둘째, 셋째 손가락에 꼈습니다. 그랬는데 입에서 중얼중얼하더니 다음과 같이 혼잣말을 했습니다.

"조종당하고 있었구나."

하면서 뭔가 풀리는 것 같은 느낌이 들었습니다. 은반지를 꼈는데 집착이 사라졌고 마음이 평온하였고, 이뿐만 아니라 집에서의 내 태도가 달라졌습니다.

유튜브에 열혈 시청을 하고 있는 서울의 유튜브 타로 리딩을 하는 ○○선생께 사주를 본 적이 있습니다. 그때 은반지에 대해 이야기 들은 바 있는데, 목(木)의 기운이 빼앗는다고 해도 나쁜 것이 아니라는 말씀을 하신 적이 있습니다. 그리고 내가 화(火)의 기운이 강하다고도 이야기하셨습니다. 은반지를 끼게 되면 어머니의 기운이 강해진다 하셔서 뺀 적이 있습니다.

상담을 마치고 은반지를 뺀 상태로 집으로 내려갔습니다. 집에 갔는데 아버지의 참견에 날 선 반응을 냈습니다. 그랬습니다. 그때 확실히 뭔가 느꼈지만 느낌이 왔었습니다. 은반지가 조금 화의 기운을 막고 있는 느낌 말입니다.

어머니께 다정하게 대하였으며 아버지께는 무슨 일이 있어도 화가 나지 않았습니다. 좀 과한 일이 있어도 그렇게까지 반응하지 않았습니다. 반지 끼는 것에 아버지는 좋아하지 않으셨지만 아버지를 반기지 않는 마음이 생기는 이러한 일들이 있어서 반지를 빼지는 못하였습니다.

이 말이 뜬금없을 수 있겠지만 확실한 변화가 있었습니다. 사실 몇 년 동안 만나 헤어졌던 사람에게 시간이 지날수록 집착하는 성향과 괴로움이 있었는데 은반지를 끼니 자연스럽게 집착이 조금 사라지는 경험을 하게 되었습니다.

내 마음속의 신을 움직이다 - 조율기록 편

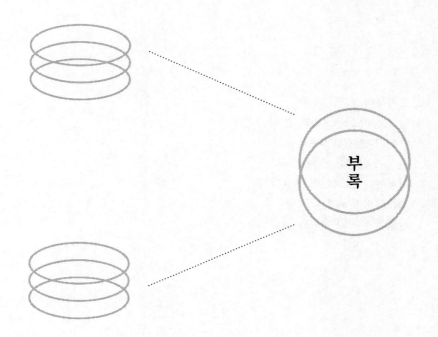

부록

I Think I'm Paranoid,
환청의 형태 (1)

독자들이
알고 싶어 하는 1순위 중 하나
환청에 관련 경험은
편집-조현병의 주 메인이다
이제야 편집 조현병 투병자의
텍스트적인 최초 주장과
신실한 원고가 나온다

01

제가 느끼는 환청 중에 예전 1990년에 선풍적인 인기를 끌었던 PC게임 〈프린세스 메이커 2〉의 무사 수행에서 괴물을 만났을 때의 BGM이 한 10초 정도의 배경음악이 계속 몇백 번 반복되어 상상하며 나옵니다. 왜 위의 게임이 나오는지는 모르겠지만 환청의 100개 중에 90개는 〈프린세스 메이커 2〉 BGM이 무한 반복합니다. 단골 환청으로는 "피곤하다.", "힘내!"라고 이야기하는 부분이 10초 정도 반복되어 들리곤 합니다. 계속 힘내라 합니다. 그때는 두통과 현기증과 같이 일어나기도 합니다. 그렇지만 이

내 마음속의 신을 움직이다 – 조율기록 편

렇게 상상하고 다음 날에는 기억도 안 납니다. 내가 왜 그런지는 모르겠지만 계속 반복됩니다. 탓할 사람도 없습니다. 그러한 일들이 일어나는 이유는 모르겠습니다.

맞지 않는 약물을 쓰면 부작용이 심합니다. 맞는 이야기인지는 모르겠지만, 약물의 특성이 있는 것 같습니다. 한 번 생각나는 예시를 든다면 고기를 좋아하는 사람, 야채를 좋아하는 사람, 어느 정도의 밥의 양만 있어도 만족하는 사람 등등의 체질이나 성격, 아니면 치료 시기 같은 것이 그렇지 않을까 저자가 추측해봅니다. 약은 여러 종류의 약을 먹었고, 폐쇄 병동에서는 10여종 이상의 많은 약물을 먹었습니다. 지금은 리스페리돈 2mg+1mg을 먹습니다.

02

내게 말하는 것 같은 환청의 형태는 무엇일까?

처음으로 편집 조현병을 접하는 사람들이 굉장히 궁금해하고 괘씸하게 여기며 고도로 발달한 기계의 소행이나, 아니면 외계인의 소행, 아니면 마음의 울림 같은 것으로 대부분이 치부되어 왔지만 그 이유는 환청 때문에 질환 자체가 더 거대해져 버리고 정신적으로 미치는 결론에 다다르기 때문입니다.

그래서 환청에 대해 내 환청에게 물어보면 다음과 같은 답을 합니다.

"어디선가 오는 다른 차원에서의 사정."

말이 되는지는 사실 모르겠지만 다른 차원을 믿지도 않고 위의 말이 맞는지도 모릅니다. 편집-조현병 환자인 제가 지금부터 20년 동안 경험해 보니 환청에 대한 정의를 조금 해 볼 수 있었지만 환청 경험을 통해서 여러 가지 주 종류 중에 내 자신에게 말하는 것 같은 내용이 대부분이었습니다. 욕설과 폭언같은 것도 있었고 여러 가지로 정리해볼 수 있습니다.

우리가 가지고 있는 본능적인 분노에서 파생되어 나오는 경우라 생각합니다. 본능이기 때문에 떨칠 수 없는 분노가 항상 나도 모르게 표현되는 것이며 폭언과 욕설이 들리는 것은 마음의 안정을 가지고 쉬라는 것일지도 모르지만 다른 방향으로는 위험한 상태를 나타내는 말일 수도 있겠습니다.

내 마음속의 신을 움직이다 첫 책에 보면 목차에 숫자 점이라는 카테고리가 있었는데 그 숫자 점은 이미 인터넷 정보에 나와 있는 것이 있고 그것이 '엔젤링 넘버'라는 형태로 불리우며 규칙을 정해 놓은 것이 있었습니다. 엔젤링 넘버는 천사의 메시지라 하기도 하지만 천사와의 교감을 이야기하고 있다고도 합니다. 천사는 인간 세상에 개입할 수 없으니 간접적으로 개입하고자 메시지를 숫자로 흘린다는 내용이 있었습니다. 실제로 묘하게 신빙성을 가지고 있는 현상들이 벌어지곤 합니다. 그렇게 보면 엔젤링 넘버의 규칙을 근거로 환청에 대해 풀어볼 수 있습니다.

내 마음속의 신을 움직이다 - 조율기록 편

03

최근에 경험한 일이 있다면 나는 2주에 1번 정도 잠을 자면서 나도 모르게 사정하는 일이 있습니다. 약물에는 거의 모든 감각을 억제하는 성분이 있기에 성욕 또한 마찬가지로 가라앉고 억제당하는 기분이 있어서 뭔가 과하게 성에 집착하거나 하는 일은 거의 발생하지 않습니다. 만약 과도하게 성욕이 억제되는 것을 느끼면 뭔가 한 번씩 스스로 자위하기도 합니다. 하지만 이는 드문 일입니다.

그 일이 있은 다음 날에 일상생활 훈련원에 옆자리 있던 훈련생이 "X밥"이라는 말을 한 적이 있는데, 위와 같은 단어를 들었을 때 나는 화들짝 놀랍니다. "이 사람이 이런 단어를 쓸 애가 아닌데?"라 하며 넘어간 적이 있는데, 그로부터 며칠 뒤에 유튜브 타로에서 타로 마스터가 또 "X밥"이라는 말을 썼습니다. 그걸 보고 "타로 마스터님이 쓸 말이 아닌데?"라는 생각을 했고, TV에서 또 어느 개그맨이 "X밥"이라는 단어를 또 썼습니다.

연쇄적으로 평상시에 잘 쓰지 않는 단어를 쓰는 것을 보고 "내가 한 행동에 대해 말하는 것 같다."는 생각이 들기도 하였고 이 상황이 있으면 어떻게 지나갈 것인가 생각해봅니다.

04

2022년의 가을에 사진사 활동을 하다가 억울한 일을 당하기 직전에 꿈에서 뭔가 또렷한 중년 남자의 목소리를 들었습니다. 그 목소리가 말하기를 "10일이 지나면 모든 게 해결된다."라는 목소리였습니다. 그래서 그게 무슨 뜻인지 생각해보았는데, 그리고 얼마 지나지 않아서 사진사로 억울한 일을 당했습니다. 현실의 입에서는 "네가 생각하고 있는 행동에서 겸손해지면 퍼지지 않고 끝난다."는 조언을 받은 바 있습니다.

그래서 어떤 사건이 터졌을 때 겸손하고 근신하다 보니 10일 정도가 되었을 때 주위가 정리되고 조용해지는 느낌을 받았습니다.

"10일이 지나면 모든 게 해결된다."라는 경우를 찾아보니 내 수호신이 나를 위해 목소리를 드러내는 것을 마다하지 않고 메시지를 냈다는 말이라는 추측 및 결론을 낼 수가 있었습니다.

05

그래서 결론적으로 수호신이나 천사의 메시지가 다른 사람의 수호신을 통해 "너를 지켜보고 있고 알고 있다."는 시그널이나 "너를 지켜주겠다."라는 메시지를 간접적으로 다른 사람을 통해 퍼트리기 위함이 아닐까 하는 미신으로 정의해보는 생각을 해보았습니다.

다른 해석으로는 예시 상황의 이슈로 도는 것 같이 신경 쓰는 것에 내 말 하는 것 같은 사람과 영적인 교감을 하고 있다는 생각도 할 수 있을 수 있겠습니다. 영적인 교감을 하였기 때문에 소울 메이트일 가능성이 높고 그래서 양방향으로 서로 통하고 있다는 이야기로 할 수 있을 것 같다고 생각합니다.

06

이러한 환청이 아닌 내 말하는 것 같은 상황을 정의하고자 적긴 하였는데, 결국은 천사의 시그널이나 아니면 천사의 메시지, 또는 모르는 사람이 공명하는 소울 메이트와 영적인 교감을 하는 신호 등등으로 해석할 수 있다고 생각합니다. 아직 체계적으로 잡혀 있지 않은 분야이기 때문에 나는 이런 방법으로도 해석할 수 있다 이야기하고 싶습니다. 현대의 민간신앙 수준 정도로 이렇게 환청의 형태가 천사의 메시지나 사람과의 영적인 공명일 수 있다는 가능성을 제시하고자 합니다.

07

이러한 정의를 하면 편집된 환청에 대한 정체의 환상 같지만 정신적 근접에 대한 형태의 가설로 가까이 설명할 수 있습니다. 대부분은 추측의 형태밖에 되지 않겠지만 사실 웬만해서는 환청에 대한 정의를 내리지 못하기 때문에 편집-조현병 환자가 수개월 내로 환청의 이유를 정의내리지 못하면 사람 의심병으로 나아가는 현상이 나타나기 때문에 그러한 영향으로 정신착란과 관련한 많은 사건들이 벌어지곤 하였습니다.

그렇지만 이것은 조현 초기과정에서 설명할 수 있는 부분이고 이러한 주장을 펼치는 이는 거의 없었기에 새로이 조현의 형태를 가지는 사람들에게 이야기할 수 있는 치명적인 가설의 이유라 생각합니다. 적어도 환자 혼자서 망상하며 사실을 왜곡하는 것보다는 사회적으로나 정신적으로나 나쁘지 않은 가설이라 생각합니다.

어떻게 보면 현대의 민간신앙 경로를 하나 만들면서 종교적 의미로 샤머니즘과 영적인 마음에 대한 교류의 하나로 설명하는 편이 병이 더 퍼지는 것을 막는 것이고 지금 시대의 한 층 진화된 논리라고 생각됩니다. 병적 발병의 증상을 설명할 수 있으니 사람이 의심으로 정신 나가는 "내 귀에 도청 장치가 있습니다."라고 내뱉는 방향성을 막을 수 있겠죠.

그러면 이 정보에 대한 규정 단어를 만들어 본다면 다음과 같이 만들 수 있을 것입니다. 어떠한 단어로 정의되어 편집-조현병 증상을 설명할 수 있는 세기가 오길 바랍니다.

예를 들면 '정신의 교감'이나 '천사의 손짓' 같은 방향성일 수 있

내 마음속의 신을 움직이다 - 조율기록 편

겠습니다.

08

의미 없이 욕하면서 덤비는 환청의 형태는 무엇일까요?

두 번째는 환청이 욕하면서 덤비는 형태에 대해 쓰고자 합니다. 앞서 말했듯이 이 환청은 본능적인 분노를 집어먹고 커지는 경우가 대부분이며 사기적으로 계속 반복되듯이 되뇌는 소리를 듣게 되면 정신이 나갈 것 같은 내용입니다.

이러한 의미 없이 욕하는 환청에 대해 정의할 수 있는 가설이 있다면 '방어기제'입니다.

몸의 상태와 정신이 혼란스럽기 때문에 몸에서 이를 방어하기 위해 욕설을 내뱉는다는 거죠. 이 욕설은 저에게 하는 것이 아니기 때문에 저에게 영향을 미칠 수 없습니다. 그리고 욕설을 들어도 아무 일도 일어나지 않는 것을 체감하고 인정하고 약물 치료를 받는 것으로 매듭지으면 되는 것입니다.

그리하여 욕이 들리는 것은 자기 자신을 본능적으로 방어를 위해 일종의 보호막이 발동한 것이라 생각한다고 이야기하고 싶습니다. 자신의 본성이 외부로부터 오는 내용을 방어하기 위해 머리에서 보내는 시그널 같은 것입니다. 그리고 빨리 약을 먹고 치료하라는 미연의 메시지도 있다고 보여지기 때문에 이 점에 대해서 미약한 정신적인 부분을 외부나 적으로 부터 방어하기 위해 벽이 작동했다는 이야기를 하고 싶습니다.

의미 없이 욕하는 것은 자신에게 하는 것이 아니고 일종의 방어벽이 작동하는 시그널이라고 하겠습니다.

09

현행화되었던 내면에 묻습니다.

제 생일날이었습니다.

이제 입에서 도는 말은 어느 정도 적응해 가는 시점이었고, 이제 내년이면 마흔을 맞이하는 상황이 되었으며, 여러 가지 몸에서 오는 검사를 통해 간 수치 누적, 높은 콜레스테롤 수치에 초기 고혈압이 확인되는 상황에 와 있었습니다.

그래서 저는 해당 약에 대한 처방을 받게 되었습니다. 고혈압 약이나 간 수치 조절 약과 콜레스테롤 조절 약 등은 처음 먹어보는 약들이었습니다. 업무 외 병가를 신청받아서 갔다 왔기에 몸이 무거웠습니다.

집에 갔다 오니 약을 복용하고 난 뒤라 졸음이 쏟아졌습니다.

내 마음속의 신을 움직이다 - 조율기록 편

졸음이 쏟아지는 차에 꿈을 꾸었는데 제 책이 보였는데 제 이름이 쓰여 있어야 하는 부분에 아무리 넘겨도 책에 제 이름이 하나도 없는 것이 아니겠습니까?

그래서 뭔가 싶어 의아해하다가 꿈에서 깼습니다.
저녁에는 촛불 잔치로 38세 나이의 제 생일을 가족들과 축하하고 있었습니다.
그리고 케이크를 먹으며 도란도란 지냈습니다.

생일자에 뭔가 기대하고 있었는데 갑자기 입에서 말이 돌기를 무언가 알려주겠다고 말했습니다. 지금의 상태에서 최고의 상태로 될 수 있는 은반지 배열법을 알려주겠다 합니다. 그래서 저는 반지 배열의 지시를 따라 늘 그렇듯이 반지를 들어 손에 끼었습니다.

"이 반지 배열로 몇 년간 살아가는 게 좋다."

이윽고 밤이 되고 원고를 정리하던 도중에 환청이 들렸습니다.

"에이… 이 환청의 원인… 도대체 뭐야?"

그렇게 물으니 입에서 돌며 말하였습니다.

"다른 차원의 문제이다."

다른 차원의 문제라는 말을 생각해보면 상위개념과 하위개념이나 층층이 나누어져 있는 문제라는 클래스로 생각하고 있었는데, 그냥 가만히 생각해보니 다른 차원의 문제는 다른 의미라도 있는 것으로 생각했습니다.

참고로 이 글보다 앞서서 적은 기록 중에 다른 차원의 문제라는 원고라 쓴 내용이 있는데 그 시기는 각각 다른 날 적은 원고며 둘 다 똑같이 다른 차원의 문제라 이야기하니 다른 차원의 문제인 것이라고 내 입에서는 환청의 원인에 대해 직시하고 있습니다.

일단 무엇인가 불현듯 생각이 났고 다른 차원에 대한 문제에 대해 입에서 자동으로 생각난 것과 합쳐져서 이야기가 떠올랐습니다.

"예를 들자면 전자에너지가 전기소리로 변환해 듣는 과정에서 사람이 이해할 수 있는 소리로 들리는 것인데, 원래는 듣도 보도 못한 소리이지만 그 원음을 알아들을 수 없어 사람이 듣기에 처음 접하는 소리며 상황이라 방어를 자극하다 보니 욕지거리로 표현되거나 내면에서 자체적으로 만든 경고 소리가 아닐까?"

내 생각과 합쳐서 이야기가 되자 나는 그게 무엇인지 이해할 수 있었습니다.

"그렇다면 해결책은 거기에 노출되는 소리의 주파수, 귀에 대한 통제를 이루게 되면 환청에 대한 조현병으로의 진행을 억누를 수 있지 않을까?"

그렇다면 그다음 단계는 어떻게?

"환청을 제거한 상태에서 불안한 그 느낌에서 조현병 지식의 참고, 참고할 만한 도서를 예를 든다면 우리가 만든 책들을 읽게 한다고 친다면 조현병의 치료를 단축할 수도 있을 것이다."

"가설의 결론까지 다 말해 버렸네?"

잘 결론을 내지 않고 결단을 내지 않던 입에서 도는 말이 결론을 낸다고 가설을 세우며 내버리다니 이성으로 가지고 접근했던 지난날과 어둑어둑한 세월에서 잠재워 왔었던 인내-인성의 갈고 닦음에 노력들이 다 떠오르며 생각났던 일들이 너무 허무해졌습니다. 그러면서도 이 가설을 꼭 책으로 내야겠다는 생각이 멈추지 않았습니다.

책으로 꼭 써야겠다는 의지는 행동으로 표출되어 조율기록의 킬링 파트를 어느덧 써 내려가고 있었습니다.

10

달걀이 먼저냐, 닭이 먼저냐?

위와 같은 일들이 발생하면서 저자는 의문점이 생겼습니다.

과연 도파민이 증가하여 환청이나 이상증세가 생겨서 병으로 진행되는 것인가? 아니면 오해나 자극적인 소리를 먼저 접하게 되는 문제로 상황을 잘못 해석하여 도파민이 증가하게 되어 병으로 진행되는 것인가?

상황에 따른 병의 발생에 우선순위를 두고 싶습니다.

그 이유는 통계에 있다고 생각합니다. 우리 인구 중에 1% 이상이 걸리는 병이고 흔하지 않지만 흔히 걸리는 병이라 하고 있습니다. 그래서 나는 특정한 상황이 결부되고 들어맞는 요소들이 있다면 환경 측면으로라도 걸릴 수 있다 보고 있습니다.

정보가 없음에 방황하였고, 무엇인지 모르고 대응하지 못했습니다. 게다가 청소년기에 덜 발달 되었던 사고의 확립이나 자립이 낮은 상태에서 갑자기 닥친 병이었습니다. 운 좋게 지나간 99%의 행운아들은 1%의 인류를 저자세를 보고 비정상으로 낙인 찍어왔던 것이고 아무 잘못 없음은 우월한 환경에서 편 가르기와 같은 조현병 이후의 삶인 것입니다.

기사에서도 아무렇지 않게 "저 사람은 정신과 약을 먹지 않나 봐.", "정신과 약을 먹는 사람은 안전하지만 대책 없이 저렇게 놔 둬야 할까?" 이미 사람의 반 이상을 죄인 취급하는 것은 달걀이 먼저인지 닭이 먼저인지 인류가 가르지도 못했던 선택 없이 못

배운 사람 취급하는 게 아닌가 싶습니다.

단지 초기에 만들었던 약 부작용은 과밀하게 머릿속을 제어합니다. 도파민의 억제로 거의 대부분의 기능들이 조금씩의 변화가 있었습니다만 이러한 부분들은 개선해야 하는 부분이고 현대에 약물을 발명한 이들의 노력은 지금의 현실에 결코 고단하지 않았으리라는 생각밖에 들지 않습니다.

이러한 현실에서 정신적인 진보 없이 정해지는 텍스트 지식은 조금씩 조현병 환자들을 조율하지 못하고 방치한다는 가설을 내리고 싶습니다.

기술은 진보했지만 정신적인 발전은 70~80년대를 넘지 못한 느낌입니다.

I Think I'm Paranoid,
환청의 형태 (2)

2023년에 9월에 추가된
조현하는 당신을 애증하는 글이다
여러 사실들을 생각하며
이러한 말을 이야기하고자
섬세하게 마지막 부록에 싣는다

이번에는 편집증이 무서운 경우에 대해 이야기하고자 합니다.

01

○○진흥회를 다닐 때였습니다.

내부 인원 발령이 나서 자리를 만들어야 하는 상황에 있었는
데 후보로 꼽힌 자리가 있었습니다. 거기에는 복사기와 간이 책
상이 있었습니다. 아무도 치우지 않는 상황에 지부장님과 팀장
님께 쪽지로 "제가 총대 메고 자리 정리하고 치우겠습니다."라고
하였습니다. 그걸 보신 지부장님은 모든 인원이 있는 가운데 치

워야 하는 자리에 있는 복사기와 사무용품, 간이 책상 등등을 치우자고 하셨습니다.

치우려고 보니 먼지가 가득 있었고 어렵게 널브러진 전선들이 있었습니다. 그래도 깨끗이 하면 멋지게 보일 것이라 생각했습니다. 그리하여 모두들 합심하여 치우기 시작하였고, 적극성 하면 나를 빼놓을 수 없기에 청소도구를 가지고 와서 치웠습니다. 간이 책상은 다른 사무실에 넣어두었고 물건 치우기에 모두들 몰두하였습니다.

어느 정도 다 치워졌는지 멀리 있는 저에게 지부장님께서는 "책상 가져와요." 말씀하셨는데, "책상?"이라 생각하고 그 지칭에 대한 용도가 맞는 게 있는지, 무엇인지 몰라 서투르게 밀대 걸레를 들고 갔었습니다. 그걸 보신 지부장님은 손수 직접 간이 책상을 가져오셨습니다. 그때 간이 책상도 책상이라는 것을 인지했고, 나는 살짝 긴장하게 되었습니다.

복사기를 먼 곳에 배치를 하니 복사기에 꽂을 유선 네트워크 랜선을 꽂아야 하는데 기존에 쓰는 랜선은 짧았습니다. 이리저리 찾아보니 짧은 랜선이 몇 개 있었는데, 내 머릿속에 뭔가 떠오르길 랜선과 랜선을 이어주는 랜선 연장 어댑터로 추정되는 것이 있으면 랜선과 랜선을 연결할 수 있겠다고 생각했습니다.

그 생각이 동하자 나는 아무에게도 말하지 않고 건물을 나와 랜선 연장 어댑터로 찾으러 길을 떠났습니다. 사실 동네가 공업 동네라 쉽게 구할 수 있을 것 같은 생각이 들었고, 만만하게 구할 수 있을 거라 생각했고 근처에 상점이 있을 것이라 확신했습니다.

그렇지만 그 확신은 점점 오래 걸을수록 옅어지며 이상하다는 생각이 들었고, 더운 날 걸음에 힘에 겨워 다리가 피로로 무거워져 왔습니다. 무엇 때문에 무슨 정보의 주장을 믿고 걸었는지 의아했습니다. 한 20분 걷다 말고 내가 내 생각을 조금 달리 각인해 보니 무엇에 홀린 듯이 걷고 있었습니다.

홀린 듯이 걷는다는 것은 이런 것입니다. 하나의 가설이나 주장에 꽂혀서 아무에게도 말하지 않고 많은 생각도 하지 않은 채 걸었던 과정이 무엇이라고 해야 할까요?

지금 이 글을 적는 시점에서 보기를, 편집-조현병에서 이야기하는 "편집-조현병 환자는 혼자서 스스로 살아가기 어려운데 그것을 인지하지 못한다."라는 문구를 본 적이 있습니다. 이게 그 사례의 하나라면 나는 병적인 증상을 발현한 것이라 생각하게 됩니다.

그래서 여러 생각이 들기도 하였습니다. 이게 음성증상인가?

왠지 치매의 원인이 이와 같음이 아닐지 생각하게 됩니다. 하나에 몰두한 나머지 모든 것을 다 제쳐두고 무엇이든지 해버리며 길을 떠나는 여정 같은 것 말입니다.

그리하여 이와 같은 증상을 인지하고 바로 돌아가며 20분 정도 방황했었습니다.

편집-조현병의 한 예시로 씁니다.

02

언젠간 누워서 타로를 볼 때 무의식적으로 입이 돌면서 이야기하였습니다.

"우리가 타로를 잘 맞추는 이유는 우리가 새로움이기 때문이다."

그러한 방향성…. 새로움이라는 방향성…. 입에서 언급하지 않은 적이 없는 것이지만 … 얼토당토않은 메시지입니다….

깨달은 게 있다면 무의식적으로 우리는 단어에 너무 집착을 많이 하는 것 같습니다. 과거에 단어를 만듦에 있어서 새로움이라는 관념이나 조상이라는 글자가 만들어지고 깨쳤을 때 그 의미는 현재와는 다른 의미와 언어로 불렸겠다고 생각합니다. 그렇기에 요즘 문자는 현대문화가 스며든 형태의 글자이기에 현재의 글자요, 과거에 행했던 글자들은 과거의 원 글자라 생각합니다….

쓰임이나 발음 자체도 다를 뿐 아니라 의미 또한 다른 방향성을 띠고 있습니다.

다들 살기 어려운 세대는 늘 반복되거나 존재하였습니다. 그러하지만 살기 어려움이 많이 보였던 기준이 옛날이었으면 전쟁고아로 살아 거지로 전전하는 모습을 많이 본다는 것이라면 지금은 작은 셋방 한 칸에서 라면을 끓여 먹으며 전전하는 우리의 현실 같은 분야로 추측됩니다.

상황은 다르기에 언어를 쓰는 방향도 현재와는 같지 않은 것입니다. 같은 방향이라면 같다 이야기하지만 전해오는 언어의 뜻은 바로잡아도 변화가 있는 것은 부정할 수 없는 것입니다. 그렇기 때문에 하나의 이슈가 역사가 되는 과정이라 생각한다면 20년 뒤에는 기억 속에 흐릿해지며 50년 뒤에 설명할 수 있는 이 많지 않고 100년 뒤에는 사람들이 그 역사를 아는 이는 새로운 지식이라 생각하게 될 것입니다.

그러하기 때문에 내 머릿속의 지식이 신이란 단어는 수천 년간 바뀌어 왔습니다. 절대자로 인식하며 말하는 '신'이라는 말은 내가 어떠한 '신'의 과정을 거치지 않고 말했던 것이라 판단하기에 내 말은 편집-조현병의 증상에 가깝다고 생각하기도 하였습니다.

그러한 것이기에 이와 같은 증상을 인지하고 있기 때문에 편집-조현병의 한 예시로 들어 책에 남기고자 적습니다.

맺음말

기술이 어려워도 이러한 가설을 낼 수 있었던 계기와 신진행이라는 조현병 환자가 이성을 가지고 조현병의 탐구와 탐색을 할 수 있었던 계기가 주어진 것에 감사합니다.

편집-조현병으로 예시를 든 사연이 많았습니다.

첫 번째 책부터 지금까지 편집-조현병으로 인한 사례들을 많이 쓰긴 하였지만 늘 어려운 일들이 많이 있었습니다. 위의 예시 사연들은 다 발생한 원인은 제각각일지라 생각하지만, 이 사례들을 보면서 다른 책에도 무시할 수 없는 설명이 있습니다.

"조현병 환자들은 일상 생활하는 것 자체가 불가능하기 때문에 중증 이상인 경우에는 올바른 사회적 활동이 불가하다."라는 설명이 있었습니다.

위의 부작용 사례들이 일주일에 한 번 이상만 일어나도 마음

고르는 것과 수련하는 마음으로 지내야 할 것이며 그럴 수밖에 없는 것이 타당했습니다. 이 시대에 고통을 뛰어넘는 방향성과 성취는 불가능함을 온몸으로 체감하고 있는 것이 사실입니다.

그렇지만 우리의 이성을 찾으려고 노력하는 것이 중요하다 이야기하고 싶습니다. 그렇게 해야 사회적인 인식을 감내할 수 있는 이해가 솟아날 수 있다고 봅니다.

예전에 장애인 관련하여 인터뷰-설문에 참여한 바 있는데, 장애 정보 공유 관련 설문이었습니다. '남에게 장애 정보를 공개해도 괜찮은가'의 질문에 내 경우에는 피해받는 일이 아니라면 공개해도 괜찮다는 내용으로 필기한 바 있습니다. 장애란 많은 경험들로 말미암아 인간이 보호와 틀로 만들어 상상하게 하는 단어라 생각합니다. 이 단어의 의미를 바꾸기 위해서는 좀 더 나 자신의 미래를 개척하는 상황으로 나아가며 거스르지 않는 순리 속에서 답을 찾을 수 있다고 말하고 싶습니다.

조현병 환자들은 일상생활 하는 것 자체가 불가능하다는 전제는 일부 이상 통감합니다. 치료도 어려운 것도 맞고 앞날이 밝을 수 없을지도 모릅니다. 그렇지만 단 하나의 희망이라도 존재한다면 그 희망에 이 책을 바치며 누군가 이 뜻을 계승해주길 원합니다.